›TzuRück‹

Der Mann ohne Schuhe

Aus der Reihe: ›Eddy‹ und ›Mo‹ -

(Band IV)

Sabine Grassy

Sabine Grassy

‹TzuRück›

Der Mann ohne Schuhe

Aus der Reihe: ›Eddy‹ und ›Mo‹ -

(Band IV)

Roman

Impressum

Bibliografische Information der Deutschen Nationalbibliothek:
Die Deutsche Nationalbibliothek verzeichnet diese Publikation in der Deutschen Nationalbibliografie; detaillierte bibliografische Daten sind im Internet über http://dnb.dnb.de abrufbar.
© 2021 Sabine Grassy
Herstellung und Verlag: BoD - Books on Demand, Norderstedt

ISBN: 9783755776284

Die Autorin

Nicht alles, was im Leben trägt, lässt sich in Worten verpacken. An Stellen, an denen der Autorin viele fehlen, kommen ihre Hunde ins Spiel.

Menschlich enttäuscht von ›Schauspielern‹, die sich ihr beruflich in den Weg stellten, nahm sie Abschied vom - vielfach idealisierten - ›Traumjob‹ und findet seither Erfüllung in der Auseinandersetzung mit Themen, die WIRKLICH wichtig sind.

Trauer, Mobbing, zwischenmenschliche Irritationen und gesundheitliche Dekompensationen, selbst wenn es die Tragik spiegelt, jahrzehntelang für eine Psychiatrie tätig gewesen zu sein; als ›notwendiges Aufwachen‹ von ihr bezeichnet.

INHALTSVERZEICHNIS

Mann ohne Schuhe

Wir - als temporäre Gesetzesbrecher - sind ›TzuRück‹ und arbeiten entschlossen an dem Ziel, dass der Fremde, auf den wir es ›abgesehen‹ haben, es nach der Erfüllung unserer graduellen Mission desgleichen von sich behaupten kann, mit einem feinen Unterschied.

Wir müssen nicht ›TzuRück‹ ins Leben. Wird er gerüstet sein für Veränderungen?

Von Ben erfahren wir den Namen des mysteriösen Unbekannten und er von unserem unabänderlichen Hilfsprojekt.

Ohne Warnung vor den Tücken in ›diesem Milieu‹ lässt er uns nicht ziehen. Er spricht aus Erfahrungen, die er niemandem wünscht und hofft, dass wir keine Enttäuschungen erleben.

Ben kennt diesen Mann so gut wie nicht.

Als Nick habe er sich einst vorgestellt, doch sie seien sich generell aus dem Weg gegangen.

Im ›Milieu‹ werde durchgängig gelogen, sodass es gut möglich sei, dass der Typ sich einen Namen ausgedacht habe.

Alle, die dort Unterschlupf gefunden hätten, seien weit entfernt gewesen, Freundschaft zu schließen.

Einzelkämpfer mit einer Riesenportion Skepsis und Unnahbarkeit. Ob es dem Leben auf der Straße geschuldet sei, könne er uns nicht sagen.

Ben kann sich nicht vorstellen, dass Nick geneigt ist, aus seinem Leben zu berichten.

Erlebte Geschichten sind tief verschlossen bei nahezu allen, die im Leben nicht das große Glück einer zweiten Chance bekommen, wie er selbst.

»Ich habe mich regelrecht in meinem Zimmer vor allen anderen verschanzt. Streitereien, Schläge und massives Trinken sind in diesem Asyl an der Tagesordnung. Zu gefährlich für Euch kleinen Hunde, die das meiste nicht durch Einsatz ihrer Pfötchen erreichen. Ihr seid zu lieb. Begeistert Euch für ein anderes Projekt, das weniger explosiv ist. Leonie ist nicht das einzige Mädchen, das aufgrund von Sorgen und Problemen angehalten wurde. Kümmert Euch bitte lieber um ähnliche Schicksale wie bei meiner Tochter. Obdachlose fechten brutal und es wird verdammt schwer, das Herz eines Straßenkämpfers zu erreichen«.

»Wir haben es bei Dir geschafft, Ben«. Mit dieser Bemerkung hat Eddy die Wahrheit nicht verfehlt.

»Erst als der Name meiner Tochter gefallen ist«.

Mich erzürnt das geringe Ausmaß von Empathie. Dass Ben seine Vergangenheit dermaßen schnell verschließt, ist erstaunlich.

»Woher nimmst Du die Gewissheit, dass Nick nicht Ähnliches erlebt hat? Er ist nicht auf der Straße geboren. Irgendwas muss dazu geführt haben, dass wir ihm in der Baracke begegnet sind und nicht im Zirkus des grandiosen Lebens. Mit Eddys Hilfe finde ich heraus, was ihn zum Stolpern gebracht hat. Er ist kein Schlechter. Ich spüre das«.

»Ich habe Angst und versuche Euch zu schützen. Diese Menschen sind nicht der richtige Umgang«.

Mir platzt gleich der Fellkragen. Diese Menschen, wenn ich das höre.

Wie schnell ein Mensch vergisst.

Hätten wir es ebenso gesehen, wäre seine Tochter noch vaterlos und er läge lebensmüde auf einer dreckigen Matratze, jeden Tag wie den vorigen fristend, bis keiner mehr folgt.

»Jeder Mensch hat diese eine zweite Chance verdient, die Dich ins Leben zurückgeholt hat. Siehst Du Dich als was Besseres als Nick? Ihr habt beide das Pech angezogen, - folgenschwer. Der Tag, an dem er Schuhe trägt, den haben wir in der Pfote«.

»Wieso trug er keine Schuhe?«, fragt Ben ungläubig und wir merken, dass die beiden sich scheinbar wirklich nie begegnet sind.

Oberflächliches Geplänkel durch Türen hinweg?

Das ›Milieu‹ ist schlimmer als gedacht.

»Wenn man nicht mehr stehen und gehen kann, will man den Boden spüren«, greift Eddy die Frage auf.

»Oder hast Du sie ihm geklaut? Schließlich hast Du welche getragen. Angst vor einem Wiedersehen und der großen Abrechnung?«.

Ben schmunzelt und merkt, dass nichts gegen unsere Dickköpfe hilft.

»Dann sucht ihn auf. Grüßt ihn und verratet ruhig, in welchem Schloss er seine Treter abholen darf«.

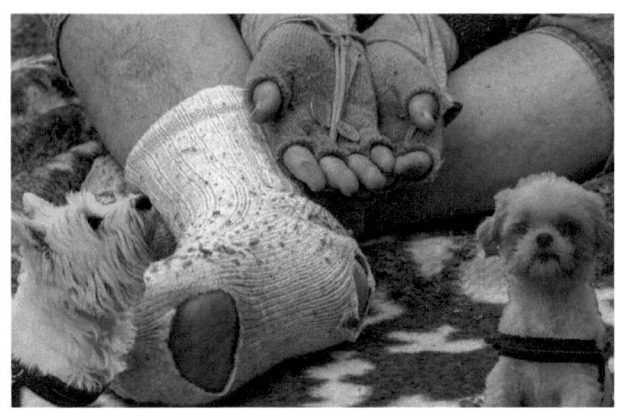

Kleine Welt

Die meisten Menschen finden an die Orte zurück, die sie ein einziges Mal aufgesucht haben und haben mir damit eine Menge voraus.

Im Grunde ist Eddy derjenige von uns beiden, den ein ausgeprägter Orientierungssinn auszeichnet. Einen Vertrag mit ihm geschlossen hat er scheinbar nicht.

Warum landen wir jetzt in einer völlig anderen Wohngegend?

Sündhaft teure Einfamilienhäuser, pompöse Vorgärten, Schotter nicht nur vor den Garagen.

In so einem Viertel hätten wir vor Kurzem Ben vermutet, als wir ihm seine Geschichte mit der neuen Familie noch glaubten.

»Wir sind verkehrt, Eddy. Hier tragen die Leute vergoldete Schuhe«.

Meinem Freund sehe ich an, wie unangenehm ihm ist, nicht wie üblich perfekt zu funktionieren.

»Irren ist menschlich«, versuche ich ihn aufzubauen.

»Wenn ich einer wäre. Ich als unantastbarer West Highland White Terrier trage die Weltkarte unter den Pfoten. Das ist mir noch nie passiert, Mo. Werde ich alt?«

»Nanu«, ziehe ich eine Augenbraue nach oben.

»Nicht doch ein bisschen vermenschlicht, sich mit dem Alter herauszureden?«.

Um nicht in Wunden zu bohren, erkläre ich ihm sein Fiasko.

Seinerzeit beschäftigte er sich viel zu intensiv mit dem Aufspüren von Ben, sodass es ihm unmöglich war, sich Details einzuprägen. Zumal sie ihm unwichtig erscheinen mussten in Anbetracht der Nachforschungen, ob in einem heruntergekommenen Haus eine glückliche Neufamilie leben könnte.

Wer hätte geahnt, dass der kleine Shih Tzu an seiner Seite ausgerechnet das Obdachlosenheim nicht vergessen kann?

Ich korrigiere, ich kriege diesen einen Typen nicht aus dem Kopf.

Bens Warnung erinnernd, dass es kein Ort für Hunde sei, versuche ich umzudenken.

Ob Eddy mitzieht, wenn wir unsere Mission verändern?

Mobbingopfer bräuchten dringend Hilfe, zumal eine unserer ›Mamas‹ viele eigene - berufliche - Erfahrungen einbringen könnte.

Weiterhin denke ich an Menschen, die zu Messies werden, weil irgendwas in ihrem Leben geschieht, was in diese Krankheit führt.

Ich habe es.

»Eddy? Lass uns zurückgehen. Wir suchen nach Borderlinern und helfen denen«.

Mein Kumpel blickt mit Entsetzen zu mir rüber.

Damit hätte er nicht gerechnet und ihm fehlen die Worte.

Hätte er vermutet, dass ich mich an eine derartige Problematik herantraue?

Ich wachse im Schatten anderer und das ist ein ›Gefühl wie Bombe‹, und ich nenne Details, mit denen er arbeiten kann.

»Diese speziellen Abteilungen in Psychiatrien sind mir zu simpel. Ich verstehe es als Herausforderung, wenn wir auf der Straße nach Menschen Ausschau halten, denen wir die Selbstverletzungen ansehen. Was hältst Du davon?«.

»Nichts, Du ›Zamperl‹. Ich entdecke Deine Absichten, mir das Gefühl zu geben, nicht versagt zu haben. Borderliner sind eine Nummer zu groß. Wie willst Du Verletzungen unterscheiden? Jemand kann einen ›Kampf-Tzu‹ wie Dich zu Hause haben und Spuren an den Armen in die Öffentlichkeit tragen, wenn er wie Du Deinen Willen mal nicht durchkriegst«.

»Dummbüdel. Hast Du bei unseren Frauchen Kratzer oder Bissspuren wahrgenommen? Ich kann sprechen und bei Indizien nachfragen, was dazu geführt hat, ein Messer oder die Rasierklinge anzusetzen«.

»Perfekt. Weil ein leidender Mensch Dir unverzüglich von den Seelen-Schatten erzählen will. Weil er offen ist und ihm nichts mehr Freude bereitet, als zu signalisieren, dass die Schwäche ihn bekämpft«.

Zufrieden und Untertöne überhörend klopfe ich Eddy auf den Rücken und bitte ihn, mich in die Stadt zu begleiten.

Der ›Sturkopf‹ macht nicht einen Schritt.

Hemmt ihn Angst, einem Psychopathen in die Hände zu fallen?

Es müsste ihn ermutigen, nicht allein zu sein.

Ich besitze einen ausgeprägten Beschützerinstinkt, zumindest habe ich davon geträumt und darin liegt ein Fünkchen Wahrheit.

»Kommst Du? Stillstand hasse ich, Eddy«.

Die Ansage, die folgt, hat es in sich.

Auf einmal bezichtigt er mich, Angst zu haben, und kritisiert ein viel zu schnelles Aufgeben.

Wissen will er, warum ich nicht nach dem Obdachlosenasyl frage, wenn ich den Stolz stets nach außen trage, sprechen zu können.

Bei seiner Bemerkung, dass wir gerade jetzt unsere ›Mission‹ durchziehen müssten, nachdem Ben uns abgeraten hatte, bringt mich ins Grübeln.

»Mo? Du wirst diesen Mann ohne Schuhe nicht vergessen. Sich auf völlig anders geartete Probleme zu stürzen, ist zum Scheitern verurteilt. Psychiatrien leisten wertvolle Arbeit, die wir niemals ersetzen können. Ich verstehe mich nicht als Arzt, eher eine Form von Lebensberater«.

Ein junges Mädchen verlässt das Haus, vor dem wir stehen geblieben waren.

Als Ortskundige wird sie uns helfen.

»Ich brauche Dich«, rufe ich der Hübschen entgegen, die prompt lächelnd auf mich zukommt und sich erkundigt, was sie für mich tun könne.

»Ich suche diesen urigen Mann, der keine Schuhe trägt«.

Sie kann mir leider nicht helfen, auch nicht, als ich ihr den Namen Nick nenne und dass er mich als ›drollig‹ bezeichnet.

Umso mehr ich ihr an für sie überflüssigen Informationen zur Verfügung stelle, desto mehr sorge ich für Verwirrung.

»Ich würde Dir wirklich sehr gern helfen, aber ich kenne weder einen Nick noch jemanden, der barfuß durch sein Leben läuft. Drollig bist Du in der Tat«.

»Das ist er«, bestätigt Eddy, der in die Vollen geht.

»Wir suchen diese Unterkunft, die Menschen beherbergt, die über kein eigenes Zuhause verfügen. Du weißt schon – diese Asphalt- und Parkbankschläfer«.

»Ihr sucht nicht nach einem Penner?«.

Schlagartig verspüre ich den Drang, nun auch Ben zu verteidigen.

»Obdachlose nennt man sie und es gibt keinen Grund diese Menschen abzuwerten. Das Degradieren als Säufer oder Nichtsnutze steht niemandem zu, der das Glück hat, ohne Schicksalsschläge durchs Leben zu kommen«.

Statt einer Entschuldigung lässt das Mädchen uns stehen und ihr lautes Lachen hallt lange nach.

Was für eine verwöhnte Göre aus gutem Hause, mit einer Erziehung, die an Abartigkeit unübertreffbar ist.

Eddy fällt ebenfalls nichts ein zu diesem Verhalten, bis wir von der Seite angesprochen werden.

»Welches Obdachlosenheim sucht Ihr?«, fragt ein älterer Herr, der unser Gespräch mitbekommen haben muss.

»In der Nähe gibt es ein Café«, erinnere ich auf einmal den ungefähren Standort.

»Begleitet mich. Ich bringe Euch direkt hin«.

Dieses Angebot ist zu schön, um wahr zu sein.

Ich schaue an ihm herunter.

»Sie tragen Schuhe«.

»Im Gegensatz zu Euch. Das wundert Dich?«.

Aus mir sprudelt es heraus.

»Unser Ben musste sich Schuhe von Nick klauen und war vielleicht der einzige Bewohner, der nach seinem Klau mit Tretern ausgestattet war. Oder kommen bei Euch mehrere in den Genuss?«.

»Ich muss klarstellen, dass ich nicht zu den Menschen ohne Dach über dem Kopf gehöre. Seit einem Jahr lebe ich in einer Seniorenresidenz, die eine Querstraße entfernt ist von dem Gebäude, nach dem ihr sucht. Die Menschen dort leben ebenso zurückgezogen wie wir Alten. Heim bleibt Heim«.

»Wie heißen Sie? Unsere ›Mamas‹ mögen es nicht, wenn wir mit Fremden mitgehen«.

»Verständlich. Ich bin Werner und für Euch entfällt dieses hochtrabende Sie. Kommt Ihr, Eddy und Mo?«.

»Woher...?«, will mein Kumpel irritiert und verstört wissen, weil er uns namentlich anspricht, obwohl vorhin keine Silbe gefallen ist.

Der Mann lacht.

»Eure ›Weihnachtsmission‹ liegt nicht lange zurück. Ihr hat Euch in Herzen geschlichen, nicht nur in die der Menschen, die Ihr unmittelbar besucht habt«.

»Eddy?«, flüstere ich. »Ich erinnere viele Fensterscheiben, aber keinen Werner«.

»Walter. Ich bin der Werner von Walter«.

Die Verwirrung nimmt Fahrt auf.

Erst Werner, dann Walter.

Ich befürchte, wir sind einem Trittbrettfahrer aufgesessen und finden nie den richtigen Weg zu Nick.

Traurig senke ich den Kopf und bin nicht länger der Pausenclown für einen einsamen alten Mann, in dessen Leben nichts mehr passiert.

Dieser scheint bemerkt zu haben, wie mich seine Andeutungen durcheinanderbringen.

»Zeit für Erklärungen, ich sehe es ein. Als eine demenzkranke Frau in unser Heim einzog, freundete ich mich mit ihrem Mann an. Einer, der immer fror. Wally geht es sehr gut, Walter und Elias auch«.

Alle Erwartungen übersteigend geht uns ein Licht auf.

Glücklich von dem Mann mit seinem Enkel zu hören, der uns bis in die Herzspitzen beschäftigt hat, folgen wir diesem sympathischen Herrn, der uns - wie versprochen - bis vor die Tür der Obdachlosenunterkunft begleitet.

»Seid bitte vorsichtig. Nicht jedem Bewohner ist sein Herz geblieben.

Wenn Ihr mich braucht«, zeigt Werner über die Straße »findet Ihr mich in dem großen, gelben Haus«.

Er verwuschelt uns das Fell am Kopf, was wir nicht von jedem zulassen.

Mit einem Winken lässt er uns stehen.

Ob Eddy auch den Wunsch verspürt, ihn irgendwann wiederzusehen?

Nick

Hoffentlich ist ein Herauskommen ebenso leicht wie das Hineinfinden.

Der Geruch erinnert an den ersten Besuch in dieser Dunkelheit und nach und nach kommen Erinnerungen.

Wir sind richtig.

Wie finden wir Nick?

Ist er abermals sein ›Leben genießen‹? Das würde bedeuten, stundenlang zwischen Müll und mit der Furcht vor Entdeckung auf ihn warten zu müssen.

»Du Eddy? Wollen wir in irgendeinem Zimmer anklopfen und nach ihm fragen?«.

»Oh nein, dann lernst Du gleich den Nächsten kennen und unsere folgende Mission führt wieder her. Lass gut sein«.

Ob er merkt, wie blöd er ist, ist mein einziger Gedanke und ich setze ohne Okay meinen Rat in die Tat um.

Bange ist mir in dem dunklen Flur, bis ich merke, dass mein Freund sich mir angeschlossen hat.

Wir stoppen vor einer heruntergekommenen Küche, in der drei Männer mit einer Frau sitzen.

Alle gucken entgeistert zu uns herab.

Ein Hundeliebhaber scheint nicht dabei zu sein.

Ihr Pöbeln geht durch Mark und Pfote.

Während ich mich noch beruhige, dass es ein gutes Zeichen ist, dass eine Frau für Ausgleich sorgt, ist sie es, die aufsteht und uns mit einem Rumms einsperrt.

Gefangen - mit scheinbar Volltrunkenen - schwant uns Böses.

Der ›Klops‹ am Tisch mustert uns minutenlang.

»Das sind Rasse-Viecher. Den ein oder anderen Euro bringen die«.

Ich glaube nicht, was ich höre.

Denken Sie daran uns zu verscherbeln? Vor Angst am Zittern pieschere ich auf den Boden, woraufhin mich die Alte wutentbrannt anpöbelt.

»Spinnst Du, Du Mistvieh? Diese Sauerei mach ich nicht weg«.

Mit Zornesröte im aufgedunsenen Gesicht kommt sie auf mich zu, bis sie von Eddy gestoppt wird.

»Keinen Schritt weiter. Das ganze Haus riecht nach Exkrementen. Wetten, hier wurde nie geputzt? Ihr seid der Abschaum, vor dem uns Benjamin gewarnt hat«.

»Benjamin? DER Benjamin? Der schuldet uns noch Bier« ist das Einzige, was der Dritte in der Runde beisteuert.

»Wenn der uns in die Finger kommt«.

»Wird er nicht«, wimmere ich. »ER lebt«.

War klar, dass die Frau mit diesem Satz nichts anzufangen weiß.

Mich auslachen, die Wörter falsch verstehen oder überhaupt nicht, sich hingegen aufzuspielen, als sei sie eine Frau von Welt.

Na klar, erst mal einen großen Schluck nachgießen.

»Wir haben Durst«, wagt Eddy einen neuen Anlauf.

»Dann schlabbere die Pisse auf von dem Biest hinter Dir«.

»Ich bin nicht Du. Mag sein, dass es Euch ab einer gewissen Promillezahl wie Schnaps vorkommt«.

»Na warte«, springt der Fettsack vom Stuhl auf.

»Dir zeig ich es«.

Und ich Dir erst.

Plötzlich schwant mir, in welche Gefahr wir uns begeben haben.

Dieses Ausgeliefertsein ist weniger erschreckend als die funkelnden Augen, aus denen pure Hinrichtung spricht.

Wir überleben das nicht, wenn der Typ richtig zulangt.

Mit Anlauf springe ich gegen die Stuhlbeine, womit ich nicht das Sitzmöbel zum Kippen, allerdings alle aus der Fassung bringe.

Eddy, spontan mit einsteigend, wackelt am Tisch, bis auch die letzte Flasche unter Geklirr zu Boden fällt.

Sechs Hände versuchen uns zu fassen zu kriegen, - wir sind eine Windung schneller.

Lange halten wir diese Abwehr nicht aufrecht, die Puste geht uns mehr und mehr aus.

Mit einem Mal wird die Tür hinter uns aufgerissen.

»Was ist das für ein Lärm hier verdammt?«.

Die Stimme kommt mir bekannt vor.

»Nick?«

»Ach nee, der drollige Zwerg. Komm mal her zu mir«.

Schneller hat mich niemand auf den Arm bekommen, während Eddy zur Tür hinausrennt.

»Du, Nick? Wir müssen meinen Freund suchen«.

Er dreht sich noch mal zu den aufgebrachten ›Mit-Hausierenden‹ um.

»Zu Euch komme ich später. Seid froh, dass Ihr den beiden nichts getan habt, Ihr Voll-deppen«.

Beschützt fühle ich mich, gut aufgehoben und dankbar für diese Rettung in letzter Sekunde.

Zwar riecht Nick nicht angenehm, seine Erscheinung ist ungepflegter als die von Ben seinerzeit, obwohl diese uns bereits erschütterte.

Vielleicht können wir uns erkenntlich zeigen und aus ihm genauso einen attraktiven Mann machen wie aus seinem ehemaligen Mitbewohner?

»Nick? Hast Du Eddy vergessen?«, unterbreche ich seinen Gang in die entgegengesetzte Richtung.

»Warum nennst Du mich ständig Nick, kleiner ›Dackelfritzke‹?«.

Na wenigstens ändert er die Route und setzt mich draußen ins Gras.

»Eddy?«, schreie ich mir verzweifelt die Seele aus dem Leib.

Von irgendwo hören wir ein Wimmern und ich sehe das Entsetzen bei ›dem für mich Nick‹.

»Oh herrje, er ist da unten«, zeigt er auf ein Silo.

»Die Bauarbeiten sind noch nicht abgeschlossen. Warum haben die Jungs der zuständigen Firma nichts gesichert?«.

Vor Kurzem noch haben wir Trauerbegleitung übernommen und ich merke, wie ich zu beten beginne, nicht in Leonies Lage zu kommen. Ich werde Eddy nicht loslassen. Niemals.

Ist es mein Weinen, das ›Nick‹ nicht lange zögern lässt?

Ich sehe, wie er sich flach auf den Bauch legt und mit beiden Armen nach meinem Freund greift.

Eddy ist voller Blut, sein Gesicht wirkt traurig und schmerzerfüllt.

»Komm kleiner Kämpfer«. Er nimmt ihn behutsam auf den Arm.

»Ich weiß von einer guten Anlaufstelle für Obdachlose, die einen Hund an ihrer Seite haben. Auch die brauchen manchmal Hilfe«.

Er bittet mich, nah bei ihm zu laufen, weil er sich nicht um uns beide kümmern könne.

Ein Fußmarsch von zehn Minuten und Eddy liegt auf dem Tisch eines mobil arbeitenden Tierarztes.

Wenn das unsere ›Mamas‹ erfahren, werden wir unsere ›Mission Nick‹ vergessen können. Haben sie nicht ein Recht darauf?

Als es Eddy nach der Erstversorgung besser geht, bittet er um Stillschweigen.

Später werden wir von unseren einzelnen Stationen berichten, alles zu seiner Zeit.

»Danke Nick. Du bist der Größte«.

»Der größte Versager, Bommel«.

»Ich heiße nicht Bommel«.

»Und ich nicht Nick«.

Er möchte wissen, was uns geritten hat, noch einmal diesen Haufen an Abgründen aufzusuchen, und es fällt ihm schwer zu glauben, dass ausgerechnet er der Grund sein soll.

»Verstanden habe ich bereits Eure Suche nach Benjamin nicht. Was wollt Ihr von mir?«.

»Wissen, wie Du es schaffst, dieses Leben zu genießen«.

Irre ich oder lächelt er, als ich ihn indirekt an unsere erste Begegnung erinnere?

Alle Pfötchen voll zu tun

Zu Hause schleicht Eddy seit Stunden um unsere Frauchen herum.

Zugekleistert mit Verbandsmaterial hätte er es schwerer zu verheimlichen, was geschehen ist. Rein äußerlich ist er unversehrt.

Die schmerzstillenden Injektionen sieht man ihm nicht an, wenn das schlechte Gewissen nicht wäre. Auffälliger kann er sich kaum benehmen, und es ist eine Frage der Zeit, wann er auf sein komisches Verhalten ange- sprochen wird.

Müde von dem Zeug im Blut legt er sich schlafen.

Anhaltend beobachte ich ihn und horche aufmerksam auf seinen Atem.

Verborgen bleibt mir nicht, wie schlecht mein Kumpel träumt.

Dabei war er es, der die Mission entschieden durchziehen wollte.

Warum hat er darauf gedrängt?

Die drei Furchtlosen hätten uns verkauft, falls sie uns nicht vorher totgeprügelt hätten.

Der Tag begann vielversprechend, denke ich an die Begegnung mit Werner.

Von Walter, Wally und Elias zu hören, war das Highlight schlechthin.

Der, den ich Nick nenne, verkörpert irgendwas Nettes. Anders als Ben wirkt er hingegen unnahbar und weit entfernt von der Absicht, unsere Hilfe anzunehmen. Bislang tappt er ohnehin im Dunkeln, was wir beabsichtigen, schließlich war er es, der für uns heute die größere Hilfe und Stütze war.

Eddy schnarcht.

Schlaf Dich gesund, mein Großer. Wir müssen ernsthaft darüber nachdenken, endlich den Verstand einzuschalten und es nicht als Schwäche zu sehen, wenn wir erneut davor stehen, uns vernünftig umzuentscheiden.

Mich quält es, nicht offen und ehrlich zu sein. Kriegt mein Freund es überhaupt mit, wenn ich ein Gespräch suche?

Geduckt und zerfressen von Selbstvorwürfen warte ich, dass unsere Frauchen mir ansehen, dass was nicht stimmt.

Ihnen was vorzumachen gelingt nie.

Keine Reaktion?

Ich schaue hoch zu den beiden, sie würdigen mich keines Blickes.

»Sagt mal, bin ich Euch noch wichtig?«.

Dass es traurig klingt, war ungeübt. Eine Antwort bleibt aus, was mich eiskalt erwischt und mich zum Weinen bringt.

»Ihr wisst es?«.

Nun poltert eine aufgebrachte ›Mama‹ los, ohne sich von meinen Tränen beeindrucken zu lassen.

»Wovon sollten wir wissen? Dass Euch dieser Drang, Gutes zu tun, ausgerechnet in dieses abgewrackte Obdachlosenheim bringt? Ja, Du hast richtig gehört. Als Ben uns davon erzählt hat, hat uns Eure Missionsverfolgung zum ersten Mal richtig wütend gemacht. Nie hätten wir das zugelassen, doch die ›Herren des Hauses‹ meinen, alles selbstständig entscheiden zu dürfen«.

Diese Wut ist zu viel für mich und ich versuche aus der Situation zu gehen, ohne eine passende Antwort zu geben.

Verraten dürfen Eddy und ich uns fühlen. Hat Ben nichts Besseres zu tun, als sich in Dinge einzumischen, die er als ›Nicht-Hund‹ nicht verstehen kann?

Dass mich keiner am Gehen hindert und aufhält, führt mir vor Augen, dass wir übers Ziel hinausgeschossen sind.

Wenn nicht einmal meine Tränen sie erweichen, hat Buddha seinem Glauben abgeschworen.

Schlecht fühle ich mich und unbeschreiblich schwermütig.

Zurück bei Eddy verrate ich ihm, als er wach wird, dass ich uns erklären wollte.

»Bist Du irre, Mo? Nichts wird entschuldigen, was heute geschah. Mitleid hat der verdient, der unbedarft in prekäre Situationen gerät«.

»Du hättest tot sein können bei Deinem schweren Sturz« wird mir die Gefahr bewusster.

»Sturz?«.

Oh nein, unsere ›Mamas‹ sind mir - entgegen ihrer anfänglich ablehnenden Haltung - hinterhergekommen und haben den letzten Satz mitangehört.

»Und wir dachten, dass Ihr - unvernünftig und ungefragt - nach dem ominösen Obdachlosen sucht. Es tut uns leid. Wir konnten nicht wissen, dass Du Dich verletzt hast, Eddy. Was ist passiert?«.

Bringen Schuldgefühle einen zum Platzen?

Als würde es mir in der nächsten Minute widerfahren - so fühlt es sich an.

Die Streicheleinheiten, die uns versöhnen, haben wir nicht verdient, doch mir kommt kein Wort über die Lippen.

Bis Eddy beginnt, den Tag laut Revue passieren zu lassen.

Angefangen vom Entschluss für diese Mission und dem holperigen Start bis hin zu der Gefangenschaft und seinem Unfall bei der

Flucht. Vergessen wir nicht, hervorzuheben, dass Nick es war, der uns gerettet hat. Erst aus den Fängen dieser drei verkrachten Existenzen, anschließend habe er ihn vor weiteren Schmerzen bewahrt.

Schlau werde ich aus der Mimik der Sprachlosen nicht.

Worte wären hilfreich.

Ihr Schweigen tut weh.

»Wir haben Fehler gemacht, ja. Bitte schreit uns an, sperrt uns weg und entzieht vorerst Belohnungsleckerlis. Nur sagt was«, bitte ich um Erlösung.

Diese folgt, indem sie uns unmissverständlich klarmachen, dass es kein nächstes Mal in dieser Unterkunft für uns geben wird. Davon bin ich ohnehin ausgegangen.

Wichtig ist, dass Eddy auf die Beine kommt.

»Ihr seid die Besten«, schlabbere ich ihnen durchs Gesicht, als sie sich zu uns knien.

»Nick wird ohne unsere Hilfe an Schuhe kommen«.

Was ich dann höre, beeindruckt und berührt mich gleichermaßen.

Sie gönnen uns unsere Freiheiten und hätten längst verinnerlicht, wie wichtig die gewählten Missionen für unser Wohlbefinden seien.

Aus diesem Grund dürfen wir unter Einhaltung von Bedingungen weiter das Leben anderer auseinandernehmen.

Mit Ben hätten sie vereinbart, dass er es sein wird, der Nick aufsuchen und ihn bewegen werde, sich mit uns zu treffen, fernab von dieser ›mörderischen Unterkunft‹.

Ben sei es ein Anliegen, etwas zurückzugeben bei allem, was wir für ihn getan hätten.

»Ihr habt alle Pfötchen voll zu tun. Ein wenig Unterstützung wird guttun. Nun fahren wir in die Tierklinik und lassen Dich durchchecken«, wenden sie sich Eddy zu, der prompt in der Lage ist, fast schmerzfrei abzuhauen.

Erspart bleibt ihm der Besuch bei seiner Angstgegnerin im weißen Kittel nicht.

Hilfsengel

Eddys Blessuren sind oberflächlicher Natur, weitere Behandlungen entbehrlich. Schonung als dringende Empfehlung macht mich einmal mehr zu einem ganz Großen.

»Ich übernehme unseren Auftrag. Du weißt, wie gut ich darin bin«.

»Einen Krankenpfleger brauche ich dringender als einen Vorarbeiter. Wozu gibt es Ben?«, stoppt er mich in der Euphorie, ihn zu vertreten.

»Pfleger? Das bedeutet nichts anderes als ›Missionsverfolgungs-Handlanger‹. Was bitte pflege ich? Dein Bein eincremen und Pillen ausspucken, die Dir in die Leberwurst gesteckt werden, beherrschst Du am besten und ohne Fremdhilfe«.

Gerade zum Ausholen bereit, mich nach allen Facetten zu belehren, wird mein Schwerstpflegebedürftiger vom Klingeln abgelenkt.

Ben betritt das Wohnzimmer und betüdelt meinen Freund, als er von dem Zwischenfall hört.

Er habe geahnt, dass es nicht ungefährlich sein würde bei allem, was er in diesem ›Loch‹ miterlebt habe.

Gut, lernen wir ihn an.

Zuerst verkneife ich mir nicht ihm in allen Details zu eröffnen, dass er belogen worden sei.

»Nick ist ein Nickname«, lache ich, woraufhin Ben wenig verwundert scheint.

»Das war mir klar. Alle dort lügen«.

»Du nicht. Schließlich kannten sie Dich dort unter Deinem Namen.

Begleiche Deine Schulden«, mischt sich Eddy ein.

»Bier. Sie bekommen Nachschub von Dir«.

»Gott nein, Ihr seid auf das ›Prügeltrio‹ gestoßen? Jetzt verstehe ich, wie es zu dem Eklat gekommen ist. Sie verstehen sich als selbst ernannte Schutzgelderpresser und scheuen nicht im Geringsten, sich mit Fäusten Gehör zu verschaffen. Zwei ihrer Opfer leben heute eine Etage tiefer«.

»Im Keller? Was für ein Glück, dass sie denen entkommen sind. Uns haben Sie eingesperrt«, erinnere ich mich mit Schrecken.

»Nein, Mo, ein Untergeschoss gibt es dort nicht«.

Weil ich einmal mehr nichts verstehe, nimmt sich Ben viel Zeit und erklärt mir, was er gemeint hat.

Es schockt mich, als er mir sensibel mitzuteilen versucht, dass die zwei in der Nähe seiner Ann-Kathrin ›wohnen‹.

Alles besser als in diesem Asyl.

Diese Gedanken erstickt er im Keim mit der Frage, ob wir gern unser Leben verloren hätten.

Ohne unsere ›Mamas‹ tief ins Erdloch gesteckt?

Deutlich wird mir, was für ein Glück wir hatten, dass der ›Mann ohne Schuhe‹ zum richtigen Zeitpunkt für uns da war.

Ben verspricht sich nicht viel davon, den Mann, den er nicht wirklich kennt, von einem Hilfsprojekt zu überzeugen.

»Er wird es ablehnen, Jungs. Überhaupt war er stets abweisend und nicht an anderen interessiert. Bewertet nicht über, dass er Euch geholfen hat. Ich vermute, dass er sich - warum auch immer - verantwortlich fühlte. Oder er besaß mal Hunde und hat aufgrund dessen ein Faible für Vierbeiner, was nicht heißt, dass er Euch sein Herz ausschüttet, wie ich es bereitwillig tat«.

Unsere Resignation ist von kurzer Dauer und wir bitten Ben uns in irgendeiner Weise den Unnahbaren herzuholen.

»Er wird kein fremdes Haus betreten und Euch anhaltend kränken«.

»Krank bin ich bereits, Steigerung ausgeschlossen«, ruft Eddy dazwischen.

Bisher dachte ich, ich sei der ›Honk‹, der alles missversteht, doch selbst ich kenne den Unterschied zwischen einer Kränkung und einem verstauchten Bein.

»Wir treffen uns an einem neutralen Ort«, schlage ich den Schützenplatz vor.

»Bitte setze alles dran, damit er uns wiedersehen möchte«.

Auf meine Frage, ob wir zum vereinbarten Treffpunkt Bier mitnehmen sollen oder Schuhe, reagiert Ben ebenso wenig wie auf meinen Wunsch, Nick ein neues Leben - wie ihm - zu ermöglichen.

Nachdenklich wirkt er, als er das Haus verlässt und uns um Geduld bittet.

Wir können nichts tun, außer abzuwarten und zu hoffen, dass jedes einzelne Leben gerettet werden kann.

Zumindest das der Menschen, bei denen wir etwas spüren, das uns berührt.

Dieser fremde Mann hätte uns nicht helfen müssen.

Was ihn dazu bewegt hat, muss ich herausfinden, unbedingt.

Treffen vs. treffen

Er hat tatsächlich zugestimmt, unter der Voraussetzung, dass Ben nicht anwesend sein werde, wenn der Löwe auf Hunde trifft. Löwe? Ich lache später.

Ben berichtet ausführlich von der erst feindseligen - später entspannteren - Begegnung in der Unterkunft.

Es sei ihm alles unwirklich vorgekommen, diese Räume noch mal zu betreten und er habe sich nicht erklären können, wie er unter diesen Umständen habe leben können.

Nick sei ein komischer Kauz.

Anfänglich eher feindlich eingestellt hätten unverzüglich seine Augen geleuchtet, als wir ins Gespräch gekommen seien.

»Seine erste Frage war, wie es Eddy geht. Die folgende, was der kleine Hüne macht. Er meint Dich, Mo, und das klang nicht abwertend, eher anerkennend. Wie erhofft sind Hunde total sein Ding und ihr habt es ihm auf seltsame Weise angetan. Ein Gespann, was er zuvor für unmöglich hielt. Eine Antwort blieb er mir schuldig bei der Frage, was er außergewöhnlich findet. Vielleicht, dass Ihr sprechen könnt? Euren Mut vor Gefahren nicht zurückzuschrecken?«.

»Will er uns sehen, weil er es will?«.

Beim Aussprechen merke ich, wie blöd sich das anhört, aber ich möchte hören, dass Ben ihn nicht beknien und stundenlang bitten musste, bis er entnervt zugestimmt hat.

»Zumindest habe ich ihn nur ein einziges Mal fragen müssen«, scheint Ben durchschaut zu haben, worum es mir geht.

Ben erzählt von einer Abreibung, deren Ausmaß er nicht wisse. Nick habe sich das Trio vorgenommen und auf seine Weise gerächt, sich an Schwächeren zu vergreifen.

Imponiert mir, dass wir ihm wichtig sind. Wann kommt der Zeitpunkt, an dem wir etwas für ihn tun können statt umgekehrt?

Er scheint den Schalk im Nacken gehabt zu haben, als er auf die Einladung zum Schützenplatz meinte, erst mal seinen Terminkalender durchforsten zu müssen, wann er sich einen Tag freischaufeln könne.

Ben lacht.

»Ist mir unklar, ob es überhaupt einen Kalender gibt. Da er ihn nicht finden konnte, nannte er mir Sonntag.

Dieser Tag gilt als einer der Sonne, wo wir beim Christentum wären, auch, wenn ich es ›Buddha-Mo‹ direkt ins Gesicht erzähle. Angeblich hat er an Sonntagen die wenigsten Meetings und Verabredungen. Wenn Ihr mich fragt, er spinnt total«.

»Wieso? Du warst es, der uns gesagt hat, dass dort alle lügen. Insofern benimmt er sich standesgemäß und wir freuen uns auf Sonntag, oder Eddy?«.

»Und wie. Bloß habe ich noch keinen Plan, was wir überhaupt vorhaben. Er hat sich mit seinem Leben arrangiert und alles spricht gegen ein Hilfesuchverhalten«.

Als wenig später Leonie mit Edmo zu Besuch kommt, gibt sie uns etwas mit auf den Weg, dass uns zum Nachdenken bringt.

»Habt Ihr den Unterschied erkannt zwischen Eurer letzten und dieser Mission? Mir konntet Ihr helfen, weil uns das Schicksal zusammengeführt hat. Immer und immer wieder. Nun dreht Ihr es um. Ihr sucht nach einem Schicksal, das Euch mit Nick verbinden könnte. Es hört sich nicht gesund an«.

Leonie wirkt besorgt und lässt meinen Einwand nicht gelten, dass es ein Zeichen war, dass ich den ›Mann ohne Schuhe‹ nicht vergessen konnte.

»Kennt Ihr den Unterschied zwischen Treffen und treffen?«.

Eddy guckt irritiert zu mir und ich gebe den Blick unverändert an Leonie zurück.

»Es könnte Euch hart treffen, wenn Eure Vorstellungen unerfüllt bleiben. Ein Zeichen sind fehlende Schuhe für finanzielle Not. Eine Symbolik für Verbundenheit sehe ich beileibe nicht. Ich kenne Nick nicht, berücksichtige nur, was Daddy mir von ihm erzählt hat. Er ist ein harter Knochen, ein Raubein. Sein Leben ist ihm egal, was bei meinem Vater und mir nie der Fall war. Bitte passt auf Euch auf. Ich gönne niemandem Eure Aufmerksamkeit, der in Euch nicht dasselbe sieht wie wir«.

Lange klingen diese Worte nach, auch als wir längst das Thema gewechselt haben.

Unsere Leonie will wissen, ob wir ausschließlich auf Spurensuche gehen nach Extremfällen bei unseren ›Missionen‹.

Wir sind in unserem Element und freuen uns, dass sie reges Interesse zeigt an dem, was uns wichtig ist und nicht mit ihr im Zusammenhang steht.

Von unserer ›Weihnachtsreise‹ ist sie ebenso begeistert wie von Hannah, dem kleinen Kind aus ›Fünf Finger anders‹.

Diese Geschichte hat es ihr auf besondere Weise angetan und je mehr wir von Kimberly und Maurice berichten und den Schwierigkeiten in ihre Elternrolle zu finden, umso drängender wird ihr Wunsch, diese kleine Familie kennenzulernen.

»Sie sind auf dem besten Weg, Leonie und benötigen keine Hilfe mehr«, lasse ich sie sogleich wissen.

»Darum geht es nicht. Ich wünsche mir auch ein ›Mucksch-Floss‹. Zudem glaube ich, die kleine Hannah hätte viel Spaß mit meinem Edmo«.

Diese Wärme ums Herz, wenn alle Mühen Sinn ergeben, ist der schönste Lohn und wir freuen uns auf den nächsten Besuch bei Kim, um ihr Leonies Geschichte näherzubringen.

Stehen wir hier vor dem Beginn einer großartigen Freundschaft?

Abends, allein - zu zweit - im Körbchen tauschen Eddy und ich uns intensiv aus über Gefühle, Ängste und Befriedigungen, die allesamt durchaus eine tragende Rolle spielen. Wir hoffen auf ein positiv verlaufendes Treffen, ohne dass uns Lennart ›trifft‹.

Der Löwenstarke

*I*st Aufregung normal, die sich anfühlt, als hätte ich drei Brausepulvertüten auf Ex gegessen?

Es gibt dieses Knisterzeug, das auf der Zunge brodelt, sobald es sich mit Spucke vermischt.

Ich erzähle Nick, dass ich davon zu viel konsumiert habe, bevor er mich belächelt, wenn ich nicht schaffe, still zu sitzen.

Eddy ist mir keine große Hilfe; er sieht aus, als hätte er fünf Päckchen intus.

Von Weitem sehen wir unseren Lebensretter.

Er schaut bei einem Fußballspiel der A-Jugend zu, deren Trainingsplatz sich direkt hinter dem Schützenhaus befindet.

»Eddy? Er hält eine Dose Bier in der Hand«.

Wenn es meinem Freund sicher nicht verborgen bleibt, ignoriert er zum einen das, was er sieht, zum anderen, dass ich es aufgreife.

»Beeile Dich, Du Heiliger. Er hat uns extra einen Termin eingeräumt und wir kommen zu spät«.

Ist gut, Meckerbolzen.

Mir fällt es schwer, meine Abneigung gegen Alkohol zu unterdrücken.

Wir haben Nick erreicht und hören abfällige Bemerkungen von den Leuten, die an ihm vorbeigehen müssen, um zu ihren Autos oder zum Bolzplatz zu gelangen.

›Gott stinkt der‹, ›Hauptsache, das Bier schmeckt‹ und ›solche Menschen gehören hier verboten‹ sind die harmlosesten Hinweise und doch können sie Stiche versetzen, zumindest mir.

Unter anderen Umständen hätten wir uns eingemischt, dürfen aber unseren Tag nicht vorzeitig zerstören, indem es zu überflüssigen Streitigkeiten kommt.

Warum prallen die harten Worte an Nick ab?

Er reagiert auf keins, als störe ihn nicht, was andere von ihm halten.

Wieder denke ich an Kimberly, der es äußerst wichtig war, was andere meinen.

Absolute Kontroverse.

Eddy bellt, woraufhin sich Nick zu uns dreht.

»Hey, Ihr zwei Stars. Geht auf den Platz und zeigt mal, wie das funktioniert mit dem Ballzuspielen und das Tor zu treffen«.

»Ein andres Mal Witzbold. Deinetwegen sind wir hier«, fällt mir die Begrüßung leichter als befürchtet.

Die Unruhe ist wie weggeblasen und weicht der Freude, dass er gekommen ist.

Eddy wünscht sich einen Spaziergang.

»Muss das Gelaufe sein? Ist Euch peinlich, mit mir gesehen zu werden?

Es war Euer Wunsch«.

»Peinlich sind die anderen«, erklärt Eddy seinen Standpunkt und dass ihn die niederschmetternden Meinungen verstören.

»Verübelt es ihnen nicht. Ich höre das überhaupt nicht mehr. Viele sprechen, sagen aber nichts aus«.

Sein Widerwille ist unübersehbar, als er sich uns zähneknirschend anschließt.

Marschieren ist nicht sein Ding.

Ob das an den fehlenden Schuhen liegt?

Mitunter ist das Anstrengendste an den Menschen ihr Herumeiern in Gesprächen. Ausholen bis zum Gehtnichtmehr, vom Hundertstel ins Tausendstel, dabei wesentliche Kerne auslassend. In diesem Fall bringt mich das Gegenteil ins Schwitzen. Direkter kann niemand sein.

»Hört mal, Ihr ›Flitzpiepen‹. Ich eigne mich nicht zum Langeweile-Vertreiber. Fehlt es Euch an Spielsachen?«.

Wenn der von meiner Sammlung an Plüschtieren wüsste, würde er vor Neid erblassen.

Seine Überheblichkeit nervt.

»Ich besitze wenigstens Schuhe«, flunkere ich und bekomme eine Antwort, die nur jemand zustande bringt, der nicht interessiert ist an Problembewältigung.

»Würden sie mir stehen? Tragen tust Du sie nicht. Siehst Du es als Problem, Deine Füße einzuzwängen? Probiere gern meine. Dir stehen sie besser als mir«.

»Besitzt Du wirklich welche? Ich dachte, Ben hätte sie Dir gestohlen«, weiche ich aus.

»Der Ben, der zusammenzuckt, wenn eine Feder um seine Nase fliegt? Der die Hosen voll hat, sobald Dinge geschehen, die er nicht kontrollieren kann? Dieser Angsthase ist zu dumm für einen banalen Diebstahl. Meine fünf Paar Schuhe stehen zum Putzen bereit. Wenn Ihr nichts Besseres vorhabt...«.

»Würdest Du weniger trinken, könntest Du Dich besser um Deine Sachen kümmern«, bin ich sauer über die in seinen Augen witzige Resonanz.

»Abstinenzler sind uncool. Wie Hunde. Sollte ich je einen betrunkenen Eurer Sorte sehen, beglückwünsche ich ihn, dass er seinem langweiligen Leben abschwört. Ihr fresst, schlaft und schnuppert. Wow, was für ein interessanter Tagesablauf. Ihr solltet lieber mal die Nase in Ecstasy stecken statt in die Angelegenheiten anderer«.

Eddys Zurückhaltung endet an dieser Stelle.

»Na Nick, grottenunglücklich?«.

»Schwachsinn. Ich mache wenigstens was aus meinem Leben«.

»Lass mich kurz überlegen. Stimmt. Du verleihst uns, ohne es zu merken, imaginär einen Heiligenschein. Bei jedem Wort von Dir verdeutlichst Du Mo und mir, wie fabelhaft unser Leben ist. Ben konnte Dir nichts wegnehmen, weil Du nichts besitzt. Das wäre nicht schlimm, weil andere, denen es ähnlich geht, es mit ihrem Herzen wettmachen. Aber Du? Die Suche ist eine vergebliche. Kann man sich kaputt trinken?«

»Ich hätte Dich im Silo liegenlassen sollen. Jeder wie er verdient«.

»Oh, jetzt kommt die Abrechnung. Ins Wespennest gestochen?«.

»Halt die Fresse, schnapp Dir Deinen kleinen Komiker und hört beide auf mich Nick zu nennen. Ich heiße Lennart, das bedeutet der Löwenstarke«.

Eddy läuft zur Höchstform auf.

»Deine Eltern wussten bei Deiner Geburt nicht, wie erbärmlich ihr Sohn sein Leben gestalten würde. Lass Dir gesagt sein, besser halbstarker Hund als toter Löwe«.

Stolz macht auch mich dieses Statement.

Im Grunde ist alles gesagt, doch fühle ich mich in der Pflicht, meinen Freund zu stützen.

»Flennart? Wir gehen jetzt stupide schnuppern. Am Gras, Du verstehst? Prost! Lass es Dir schmecken. Bedauerlicherweise wurde uns Alkoholkonsum verboten. Wie schön könnte unser Leben sein, wenn wir mal ausbrechen würden«.

Ich knabbere Eddy am Ohr, unser Zeichen, dass wir gemeinsam verschwinden.

Ciao, selbst ernannter ›Löwenstark‹ im vorgeführten Löwensarg.

Nerv erreichen

Es hat dem Großkotz gewissermaßen zugesetzt, dass wir einem Streit aus dem Weg gegangen sind und die besseren Argumente hatten.

Anders ist nicht zu erklären, warum er Ben darum gebeten hat, ein erneutes Treffen zu arrangieren.

Es gab keine Verabschiedung, sodass offengeblieben ist, ob er bereit und fähig sein würde, uns ein weiteres Mal zu begegnen.

Wir hegen Zweifel, weil wir auf zu viel innere Widerstände bei Lennart stoßen, gegen alles, was sich ihm zu nähern versucht.

Bei Menschen mag es noch schlimmer sein, aber auch uns will er nicht wirklich eine Möglichkeit einräumen, ihm wichtig zu werden. Wir legen großen Wert bei jeder Seele, auf die wir treffen, dass man sich gegenseitig respektiert und sich ernst nimmt.

Mit viel Skepsis gehe ich in diese neue Begegnung.

Der Vorschlag zum Auspowern in einem Kletterwald kam von ihm.

Ich liebe es, den Eichhörnchen zuzusehen, wenn sie die Bäume erklimmen, als ziehe ein Weiterer sie von oben hoch.

Ich bin für derartige Akrobatik nicht geschaffen und kann mir bei bestem Willen nicht vorstellen, dass Lennart je in seinem Leben geklettert ist.

Wie auch, wenn man unter andauerndem Schwindel leidet?

Zumindest gehe ich von Symptomen bei ihm aus.

Am Schützenplatz trank er - ohne zu übertreiben - acht Dosen Bier, wobei ich nicht von den kleinen spreche.

Wie schnell Eddy verzeiht.

Er ist entflammt für die Idee und will sich ausprobieren, damit er die nächste Katze jagen kann, die sich vor ihm auf einen Stamm rettet.

Gegen einen Zuschauer wie mich spricht nichts.

Einer muss aufpassen, dass der verletzte Löwe nicht auf Rache aus ist und meinen Freund von den Bäumen schubst.

Als wir am Eingang des Hochseilgartens stehen, halten wir vergeblich Ausschau nach Eddys Aufstiegspartner.

Von ihm fehlt jede Spur.

Ob er uns veräppelt?

Billigere Retourkutschen waren scheinbar vergriffen.

Ich erinnere das Versprechen, das wir zu Hause gegeben haben, einen bestimmten Ort zu meiden, weshalb eine Beschwerde entfällt.

Gnade ihm Buddha, sollten wir ihn zufällig, unverhofft und ungeplant wiedersehen.

Mein Freund ist sichtlich enttäuscht.

Im Grunde geht es ihm längst nicht mehr um diesen Mann, der definitiv auf der Straße richtig ist.

Dass ich als Trainingspartner einspringe, schminkt er sich hoffentlich ab.

Ihn auf andere Weise später zu trösten gehört zu meinen Bravourleistungen, zu denen ich mich bereit erkläre, wenn wir sofort gehen.

Mir ist kalt und bei dieser Mission beschleicht mich ständig das Gefühl, dass wir uns auf einem Irrweg befinden, mit dem, was wir versuchen wollten.

Geknickt willigt Eddy in einen Abstecher zur Entenjagd ein, obwohl ihm die schwimmenden Gänsevögel eher kaltlassen.

Ich hingegen möchte mit ihnen schwimmen, spielen, sie begleiten und ihre treibende Gemütlichkeit teilen.

Wären wir bloß zwei Minuten eher losgerannt.

Mir dämmert, dass auf mich ein Rumkraxeln auf Goliath-Pflanzen wartet, als ich Lennarts Stimme höre.

»Warten bringt keinen Spaß, merkt Ihr es?«.

Allmächtiger, treffen wir auf einen weiteren Charakter in ihm, Gleiches mit Gleichem zu vergelten?

Da sind wir an dem besagten Sonntag tausend Millisekunden zu spät zur Verabredung erschienen und es wird mit gefühlten zwei Stunden gerächt?

Lächerlich.

Ich experimentiere und stelle mich taub für das, was er in der nächsten Sekunde als Entschuldigung anbringt, bis ich merke, dass es ihm keine wert ist.

Dünnbrettbohrer.

Einzig an seiner Lebensgeschichte war ich interessiert, nicht an seinen sonderbaren Eigenheiten.

Oder haben die dazu geführt, dass er sonntags nicht mit Frau und Kindern an einem prall gefüllten Frühstückstisch sitzen darf?

Momenten zum Trotz, in denen ich befürchtete, für Eddy wäre es eine Belastung, dass ich zu sehr an ihm hänge, starte ich meinen Alleingang durch diesen Wald und lasse den Kindskopf mit großer Klappe machen.

»Klettert, zeigt Eure Begabung und holt Euch oben den alten Intellekt zurück«, gebe ich ihnen den entscheidenden Tipp und entweiche.

Dieses eine Mal stört mich keineswegs, dass mein Kumpel abgelenkt ist und es widerspruchsfrei hinnimmt, dass wir uns erst später wiedersehen.

Ob ich Spaß habe?

Bei jedem Knacken in irgendwelchen Zweigen gehe ich in die Knie.

Zu lernen, mich freizumachen von Sorgen, bedroht zu werden, ist weiterhin undenkbar.

Was, wenn mir das Kraxeln genauso viel Angst bereitet?

Richtig.

Da sitzt er.

Der kleine Shih Tzu, die Frostbeule, sich alleingelassen fühlend und hochschauend zu den beiden Männern, die das Abenteuer genießen.

Schwindelfrei? Mutmacher per exzellent? Seilbahn?

Diesen Gau beenden beide, nachdem Lennart alle zwanzig Disziplinen geschafft und Eddy zwei Bäume zerlegt hat.

Unfassbar, wie Lennart anschließend beabsichtigt, mit uns Frieden zu schließen.

Ausgerechnet im Biergarten?

Dieser Mann korrigiert keine Fehler und wird erneut saufen.

Langsam fehlt mir das Verständnis für seine Gesamtsituation.

»Lebst Du in allem exzessiv, Löwen-Suffkopp?«.

»Immer, Mo. Was stört Dich an meinem Konsum?«.

»Alkohol verschleiert. Wie sollen wir wissen, ob es Dir wichtig ist, uns zu treffen, wenn Du uns nur betrunken erträgst? Sind wir lästig, sobald Du das Leben mit uns unverfälscht erlebst?«.

»Ich sag Dir jetzt mal was. Ein einziges Mal. Im Grunde mag ich Dich, fühle mich dennoch bevormundet und abgestraft, weil ich nicht bin, wie Du mich haben willst. Ihr seid es gewesen, die mich aufgesucht haben, während ich längst vergessen hatte, wer nach Ben suchte. Ich schätze Eure Arbeit und das Engagement, Menschen Gutes zu tun. Allerdings werde ich das Gefühl nicht los, dass sie in ein Schema passen müssen. Wer ist es wert, dass geholfen wird, wer trägt an seinem Scheiß selbst die Schuld? Du sehnst Dich danach von mir zu hören, dass es eine tragische Geschichte wie bei Ben gibt, die mich in diese fatale Lebenssituation manövrierte. Was, wenn ich Dir sage, dass ich von Jugend an am Abgrund lebte und es mir eingebrockt habe? Ich erfülle das Klischee eines Obdachlosen in Perfektion. Von Kriminalität bis Trunkenheit. Ich lasse mich gern volllaufen und genieße jeden Rausch. Ich bin kein zweiter Ben und Ihr werdet in meiner Vita nichts finden, das Ihr zerlegen und aufarbeiten könnt. Erst recht nicht mit meiner Hilfe. Ich bin ein schlechter Mensch und will es bleiben. Bis ich ins Gras beiße, liebe ich mein Biergelage und bin nicht neidisch auf dieses spießige Leben anderer. Trotz allem hat mir gefallen, Zeit mit Euch zu verbringen. Eine nette Ablenkung, nicht mehr«.

»Du blickst nicht gern in den Spiegel, den man Dir vorhält, stimmts?«, baut sich Eddy vor ihm auf, bevor er weiter mit Worten auf mich eindrischt.

»Ich bin nicht gern Euer nächster Triumph im Kampf um das Gute. Na Mo, keine Einwände?«.

»Doch. Weißt Du Lennart, was mich am meisten nervt? Wir verschwenden kostbare Zeit mit Dir. Du bist für mich ein dummer Mensch, wenn Du nicht nach Möglichkeiten suchst, nach diesem opportunistischen Leben zu suchen. Ich spreche Dir die Fähigkeit ab, aus einer spießigen Karriere eine andersartige zu schaffen. Lebenskünstler sind nicht zwangsläufig Alkoholiker. Geh und erzähl dem Trio in Deiner Unterkunft, dass ich zum Abschuss freigegeben bin«.

Trotzig verlasse ich diesen Treffpunkt und weiß dieses Mal, von wem ich verstanden werde.

Zu Hause im Arm meiner ›Mamas‹ warten wir gemeinsam auf Eddy, der sich verdammt viel Zeit lässt. Warum, daraus werde ich nicht schlau, doch eine Schelte bleibt aus.

Nur muss ihm einleuchten, dass nicht jede Mission gelingen kann, selbst wenn es - zugegeben - einer Kündigung gleichkommt.

Audienz

Lange hing der Haussegen schief und aufgeatmet haben wir alle, weil uns Lennart mit den beiden unschön verlaufenden Aufeinandertreffen die Entscheidung abgenommen hat.

Mission gestorben, Auszeit nehmen und mit neuer Energie durchstarten, sobald uns Ideen gefangen nehmen.

Zurzeit fühlen wir uns leer und genießen unser spießiges Familienleben.

Die Ernüchterung ist längst einer Freude gewichen, sich nicht permanent mit Problemen beschäftigen zu müssen.

Ben scheint erleichtert, nicht erneut instrumentalisiert worden zu sein.

Wir hätten anfangs auf ihn hören sollen.

Es wird eine ›neue Leonie‹ mit anderen Sorgen kommen, für die wir als ›Eddy und Mo‹ die Welt drehen dürfen.

Stadtbummel ist zwar nicht gerade das, was wir lieben, ziehen ihn aber dem Alleinbleiben zu Hause vor.

Wären nur nicht die vielen Beine, die mir das Gefühl geben, im Urwald zwischen dicken und dünnen Palmen zu laufen.

Achtung, Mini-Hund unterwegs.

Man sieht mir die Brutalität, die in meinen Adern läuft, nicht an.

Ein Plakat könnten unsere ›Mamas‹ getrost hochhalten, jedoch sind die mit ihren Fischbrötchen beschäftigt.

»Eddy? Guck da rüber«, zeige ich auf einen Mann, der auf einer Wolldecke am Boden sitzt.

»Das ist doch?«.

»Ist er«, hat mein Freund ebenfalls erkannt.

»Das Schild ist eine Frechheit sondergleichen«.

Ich lese, was er meint.

Darauf bittet Lennart um Geld für seinen armen kranken Hund, der dringend operiert werden müsse und zu schwach sei, hier in der Kälte zu liegen.

Daneben liegt ein Foto irgendeines Schäferhundes.

Diese Abgebrühtheit erschüttert uns wie die vielen Menschen, die ihre Portemonnaies zücken und sich spendabel zeigen, weil sie ein Herz für Hunde haben.

Dass alle Asphalt- und Brückenzivilisten verlogen sind, haben wir Ben nicht ohne Weiteres geglaubt.

Schlagartig wird uns bewusst, wie tief unten dieser Mann ist.

Traurig schaue ich zu Eddy.

»Empfand er es als Impertinenz, dass wir nicht um eine Audienz bei ihm gebettelt haben, als wir Ben eingeschaltet haben, damit er ein Treffen vermittelt? Nachher lacht er sich über die Dummheit der Menschen kaputt, wenn er Nachschub kauft. Du weißt schon...«.

»Pass auf, Mo. Ich veranlasse, dass nicht mehr als ein Tropfen Bier rausspringt«.

Bellend stürmt mein Freund auf Lennart zu und genießt die Aufmerksamkeit aller Herumstehenden.

Wie gut, dass sie uns sprechen hören, denke ich noch, als ich begreife, wie es Eddy für sich nutzt.

»Hallo, Ihr Lieben. Danke für Eure Bereitschaft zu helfen.

Mein Kumpel hier«, Eddy weist auf den Schäferhund »ist längst verstorben. Er war außer üblichen ›Hunde-Wehwehchen‹ nie krank und hat mit zwölf Jahren für seine Größe ein gesegnetes Alter erreicht. Der Mann nutzt Euer Mitleid aus, weil er ohne Alkohol nicht leben kann. Kaum seid ihr weg, ist er im Büdchen ums Eck. Hier, bitte nehmt Euer Geld zurück und spendet es lieber dem örtlichen Tierheim. Damit tut Ihr Gutes. Für den Typen hier ist jeder Cent zu viel. Das Maß ist voll, Lennart, Du verlogener, verkrachter, ›Löwen-unähnlicher Nobody‹. Mach Dich weg von Menschen mit Charakter und Herzens-bildung«.

Mit einem Pfoten-Tritt fliegen Schild und Foto durch die kopfschüttelnde Menge.

Ihr Schimpfen gilt dem Richtigen.

Ich sehe noch, wie Lennart aufsteht und von zwei Männern weggescheucht wird.

»Warum hat er uns vor dem Prügeltrio gerettet, Eddy?

Warum brachte er Dich zum Tierarzt?

Was ist mit diesem Menschen los?«.

»Vielleicht wollte er seinen Saufkumpanen ein Geschäft nicht gönnen und hat für sich überlegt, uns zu Geld zu machen«.

»Ich weiß nicht. Mein Eindruck, als wir ihn nach Ben fragten, war ein anderer als der heutige. Als bestünde er aus zwei Personen«.

»Multiple, meinst Du? Er switcht vom Obdachlosen zum Saufbold? Witzige Vorstellung«.

»Ernsthaft. Ich muss wissen, was in ihm lebt«.

Entgeistert schaut mein Buddy mich an.

»Das ist nicht Dein Ernst, Mo. Sag bitte, dass Du nicht beabsichtigst, diesen Menschen ein weiteres Mal zu treffen«.

Mein Schweigen veranlasst Eddy dazu, unseren Frauchen nicht nur die ganze Show von eben haarklein zu erzählen, die diese lediglich am Rande mitbekommen haben.

Er äußert ihnen gegenüber Unverständnis über mein Einknicken.

Ich weiß, wie schwer ich es haben werde, einen Weg zu finden, alle zu überzeugen, dass wir die auf Eis gelegte Mission zu einem guten Ende führen könnten.

Bestimmt werde ich im Moment als kleiner Spinner mit hirnrissigen Ideen gesehen.

Wie war das mit der Audienz?

Ich bettele um eine, reumütig und fest entschlossen, meinem Bauchgefühl zu vertrauen.

›EM-Cirque‹

Tagelanges Ausräumen von unterschiedlichen Meinungen veranlassen mich klein beizugeben.

Im Grunde verstehe ich, dass Eddy und Ben auf mich einreden, nur möchte ich trotzdem nichts mehr hören.

In mir schrie viel, nichts unversucht zu lassen.

Einen Schnitt machen wir inzwischen alle und blicken mit Euphorie auf ein neues Projekt.

Mein Wunsch geht in eine neue Richtung.

Wer sagt, dass wir ständig Schwachstellen analysieren müssen?

Wir gründen einen eigenen Zirkus.

Lange stört mich, - damit bin ich nicht allein - das nicht artgerechte Halten von Lebewesen.

Also nicht die Artisten und Akrobaten, damit wir uns richtig verstehen.

Unser ›EM-Cirque‹ zieht nicht durch verschiedene Städte, weil uns davor graut, von zu Hause wegzumüssen. Wir beherbergen keine Tiere, die – in Käfige gezwängt – ihrer Freiheit beraubt werden.

»Eddy? Wir benötigen einen festen Platz. Ob Jonna und Ben ihren ganzen Vorgarten nutzen?«.

»Die husten uns was. Würdest Du gern Zuschauer vorm Küchenfenster haben, die die WC-Benutzung als selbstverständlich sehen?«

»Wir besorgen ein ›Dix-Dingens‹ und heuern einen Hausständer an«.

»Türsteher, meinst Du. Keine schlechte Idee. Ben hat noch keinen festen Job. Fragen kostet nichts«.

Ein reger Austausch beginnt.

In unserem Zirkus treten Hunde auf; auf freiwilliger Basis, versteht sich von selbst.

Wir sichten vorab Talente und starten Battles.

Warum lacht mich Eddy aus?

Weil ich es mir nicht nehmen lasse mitzumischen? Mir schwebt Besonderes vor.

Übung macht den Mister, heißt es, oder? Ich werde ›Mister Nasenkraft‹.

»Wie stellst Du Dir Dein Kunststück vor?«, grinst der, der es wissen will, um meine Erfindung zu klauen.

Battle bedeutet, den Besseren zu finden.

Soll er sich sein Näschen ruhig verstauchen, denn ich nutze den Vorteil, dass meine nicht meterweit herausragt.

»Ich mache keinen ›Pfötchenstand‹, sondern halte mein ganzes Körpergewicht durch meine Nase«.

»Jetzt knallst Du durch. Wähle lieber Disziplinen, die Dir liegen«.

»Was zum Beispiel?«, bin ich gespannt, was Eddy mir zutraut.

»Langsames Vorwärtslaufen. Verfilztes Fell mit der Schnute auflösen. Oder doch lieber mit einem Auge weinen?«

»Wie macht man Letzteres?«

»Du musst nicht mal trainieren. Deine ›Gucker-Erkrankung‹ übernimmt das automatisch. Wie oft tränt Dir ein Auge? Keiner wird merken, dass es sich um ein Handicap handelt«.

»Spinnst Du? Ich habe es nicht nötig, meine Krankheit zu nutzen. Ich werde Animateur«.

»Amateur, meinst Du«.

»Der bist Du. Ich animiere das Publikum zu singen«.

»Bravo, endlich mal was, was die Welt noch nicht kennt«.

Meint er es, wie er es sagt? Warum klingt es vorwiegend wie bösartige Lästerei?

Es wird Zeit, Ben von unserer neuen Mission zu erzählen und um Unterstützung zu bitten.

In den wesentlichen Vorstellungen gibt es Einigkeit zwischen Eddy und mir.

Wenig später schlagen wir bei unserer Lieblingswohngemeinschaft auf und sprudeln förmlich über bei der Schilderung unseres Zirkusprojektes.

Ben scheint nicht angetan, sodass er nicht mal richtig zuhört, was uns tierisch ärgert.

»Fahrgeschäfte auf unserem Grundstück? Ich weiß nicht«.

»Wovon redest Du?«. Eddy boxt ihm in die Seite.

»Euer Rummel. Ich finde nicht, dass wir den geeigneten Platz bieten können«.

Ich schaue zu meinem Kumpel und auch er versteht nichts mehr.

»Hör mal, Ben, wenn Dich nicht interessiert, was uns beschäftigt, sag's«.

Derart anfahren wollte ich ihn zwar nicht, doch ich hasse Oberflächlichkeiten und halbherzige Aufmerksamkeit.

Ben steht auf, um sich ein Bier aus dem Kühlschrank zu nehmen.

Oh nein, nicht der auch noch.

»Trinkst Du, wenn Jonna und Leonie außer Haus sind? Erinnert an Lennart. Wir dachten, Du seist anders«, mache ich meine Enttäuschung deutlich.

»Lennart? Er trinkt exzessiv, um zu vergessen. Ich konsumiere selten, sobald ich meinen Kummer nicht kompensieren kann«.

Das hört sich nicht gut an.

»Eddy? Ob es hier Probleme gibt?«

»Ich befürchte es. Nach außen funktioniert die WG einwandfrei.

Was steckt hinter der Fassade?«.

Wir sprechen über Gründe, die wir hinter seinem Kummer vermuten, und das in einer Lautstärke, bei der jeder reagieren würde.

Nicht Ben.

Er wirkt abwesend und in sich gekehrt.

»BEN«, schreie ich ihn an, weil sein Schweigen unerträglich wird.

»Bist Du sterbenskrank und hast Angst, dass Leonie nach ihrer Mama auch noch ihren Vater verliert? Oder ist sie es, die krank ist? Verdammt, rede mit uns, wir haben ein Recht darauf zu wissen, was los ist«.

Ben kommen Tränen.

»Beruhig Dich, Mo. Bei uns ist alles gut. Leonie schafft das Schulhalbjahr und ist glücklich in ihrer neuen Klasse. Jonna ist eine herzensgute Freundin, die mir in allen Lebensbereichen nach ihren Möglichkeiten hilft. Und ich habe ein Jobangebot einer namhaften Versicherung und bekomme von dem neuen Arbeitgeber obendrein eine Umschulung finanziert«.

»Und dann Tränen? Wir freuen uns für Euch«. Eddy merkt man seine Erleichterung an.

»Ihr habt viel für mich getan und das zum richtigen Zeitpunkt. Eure Ambition, Herzen zu reparieren, ist einmalig. Dennoch sattelt ihr um, indem Ihr einen blöden Zirkus plant?«.

»Ach, zugehört?«, blökt Eddy ihn an. »Besser eine blöde Mission verfolgen, als sich bemitleiden, obwohl man alles hat zum Glücklichsein«.

»Ich in der Tat. Doch Lennart?«.

Ich muss mich zusammenreißen.

»Daher weht der Wind. Du warst es, der uns abgeraten hat, ihm zu helfen, bis wir gemerkt haben, dass er nichts annimmt. Er ist arrogant in seiner Haltung und herablassend, bis es wehtut«.

»Und bald tot«.

Diese Worte sitzen.

Als könnten wir was dafür, wenn er an Leberzirrhose stirbt.

Ben hält uns zurück als wir das Haus verlassen wollen und beginnt mit einer Erklärung, mit der wir zumindest etwas anfangen können.

»Heute früh musste ich an meinem ehemaligen ›Horrordomizil‹ vorbei, weil ich einen Termin bei meinem zukünftigen Arbeitgeber hatte. Vor dem Gebäude sah ich einen Notarzt- und Krankenwagen. Irgendwas in mir sträubte sich gegen das Weiterlaufen, bis ich mitansehen musste, dass Lennart auf einer Trage herausgebracht wurde. Er sah unerträglich mies aus. Wie schlecht es um ihn steht, merkte ich, als er mit Blaulicht abtransportiert wurde. Den Polizeiwagen konnte ich mir nicht erklären und fragte nach dem Grund für Lennarts Zustand. Eine Antwort erhielt ich nicht und zerfleische mich seitdem mit Gedanken, was passiert ist. Ich kenne ihn zu wenig, um über Suizid zu spekulieren. Auf mich machte er keinen lebensmüden Eindruck, als ich noch dort lebte. Die Gewalttätigkeit innerhalb der Räumlichkeiten könnte eine Erklärung sein. Hat ihn eventuell das Prügeltrio erwischt? Es kann jeden Tag vorbei sein. Er hatte wie ich das große Glück, dass Ihr ihm helfen wolltet«.

»Warum hat er unsere Hilfe bloß nicht angenommen?«, frage ich traurig Eddy, der geknickt zu Ben schaut.

»Meinst Du, für ihn ist es zu spät?«, will mein Buddy wissen.

Ich werde das Gefühl nicht los, dass auch Eddy wieder an unsere Mission glaubt.

Ben schüttet den Rest seines Bieres in die Spüle und wischt sich die Tränen aus dem Gesicht.

»Ich befürchte ja«.

»Dann erfahren wir nie vom ›Mann ohne Schuhe‹, was in seinem Leben passiert ist«.

Verzweifelt stampfe ich mehrfach hintereinander auf den Fußboden.

Erleichterung verspüre ich erst, als Ben uns vermittelt, dass wir die Einzigen seien, die Lennart noch retten könnten.

Er schlägt vor, dass er bei unseren ›Mamas‹ um Erlaubnis bittet, dass wir diese wichtige Mission fortsetzen dürfen.

Wie entstand der Wunsch nach einem eigenen Zirkus?

Der des Lebens ist es, in dem wir uns seit Langem befinden.

Sinn sehen wir nach wie vor in der Rettung menschlicher Seelen.

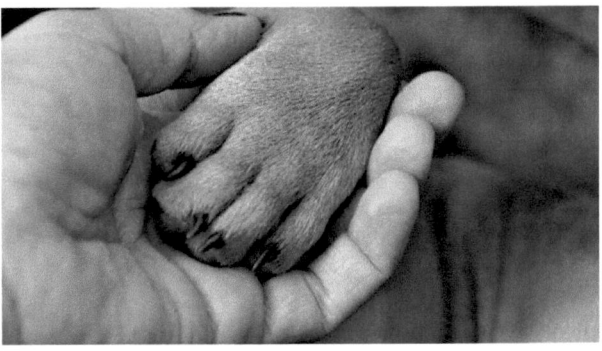

Inszenierung

Scheitern am ›Gedankenstopp‹ ist mir geläufig, hingegen ›Grübelketten‹, die einen fesseln?

Mir will nicht in den Kopf, dass Lennart Schreckliches widerfahren ist.

Ben hat tatsächlich das ›Go‹ zur Fortsetzung unserer ursprünglichen ›Mission‹ eingeholt und beabsichtigt, mit unseren ›Mamas‹ ins Krankenhaus zu fahren.

Wir wissen, dass wir die Chance bekommen, uns um Lennart zu kümmern, sofern er diese Klinik lebend verlässt.

Aufgrund der Pandemie, die die Welt seit Langem verändert hat, wird Ben der Einzige sein, der Zutritt erhält.

Unsere Frauchen wissen, wie viel uns daran liegt, zumindest in der Nähe zu sein, wenn Ben mit Informationen zurückkehrt.

Schließlich fahren wir zu fünft los, winken Ben noch mal zu - mit der Bitte, Lennart von uns zu grüßen, sollte er ansprechbar sein.

Der zwischenzeitliche Spaziergang im benachbarten Wald sorgt nicht für die gewünschte Ablenkung.

»Er schafft es«, versuchen unsere ›Mamas‹ uns zu trösten.

»Seinen Lebensmut hat er vor Jahren verloren«, befürchte ich.

»Er wollte sich davonstehlen. Tragen wir eine Mitschuld durch unseren Auftritt in der Fußgängerzone?«.

»Du nicht, Mo. Ich war es, der ihn bloßgestellt und dafür gesorgt hat, dass er von den Passanten angegriffen wurde«.

»Macht Euch nicht fertig. Jeder hat es selbst in der Hand zu kämpfen oder zu resignieren. Verantwortlich für einen Suizid ist derjenige, der ihn als letzten Ausweg sieht. Leicht gemacht hat er es Euch wahrlich nicht. Dafür hat es lange gedauert, bis ihr ihn fallengelassen habt«.

Die tröstenden Worte tun uns beiden gut, sorgen aber für keine Erleichterung.

Wir seilen uns ab, um ungestört unsere Wunden gegenseitig zu lecken.

»Ich ertrage es nicht, erneut jemanden ins Erdloch zu stecken«, erinnere ich die kürzlich stattfindende Beerdigung von Ann-Kathrin.

Eddy streicht mir sanft über den Kopf. Seine Pfötchen geben Kraft und ich verspüre Energie, dem Schicksal zu vertrauen. Leonie sprach von dem guten Anteil. Es muss einen Grund gegeben haben, der uns veranlasste, nach Ben auch Lennart aus dem Dreck ziehen zu wollen.

»Löwenstark heißt, dass er überlebt«, rede ich mir eine Überzeugung ein. »Ob er darüber glücklich ist, wenn er doch längst aufgegeben hat?«.

»Da kommen wir ins Spiel, Mo. Wir helfen keinem Obdachlosen mehr, sondern einem Lebensmüden. Aus einem Projekt, das hin und wieder Zweifel aufwarf, wird ein Herzprojekt. Ich gebe zu, dass ich oft keinen Sinn sah, dem

Süchtigen zu helfen. Dies hat sich grundlegend geändert. Er braucht uns«.

Wir hören, wie nach uns gerufen wird und rennen zum Parkplatz – mit einer Portion Angst vor dem, was wir von Ben erfahren werden.

»Außer starken Entzugssymptomen durch die abrupte zwangsweise Abstinenz geht es ihm besser«, berichtet Ben sichtlich erleichtert.

»Wahnsinnig gefreut hat er sich von Euch zu hören. Ihm fehlt die Erinnerung an die Stunden vor dem Zusammenbruch, weil er betrunken war. Die Polizei hat die Ermittlungen eingestellt und ihm den Abschiedsbrief ausgehändigt, den sie in seinem Zimmer aufgefunden haben. Hier wird er psychologisch betreut und in Kürze zurück in seine Unterkunft entlassen«.

»Nein«, schreit Eddy. »Hier stimmt was nicht«.

Wir alle schauen ihn fragend an, bis er nachhakt, was in dem Abschiedsbrief gestanden habe.

Ben zieht ihn hervor.

»Er hat ihn mir mitgegeben, weil er nur noch vergessen will. Ich soll ihn entsorgen«.

Mein Freund reißt ihn an sich und liest laut vor.

Denjenigen, die mich mochten, wie ich war, muss ich meinen Schritt erklären.

Danke für Eure Ermutigungen und dass Ihr mir das Gefühl gegeben habt, dass ich was wert bin.

Selbstmord ist feige und damit zeige ich mein wahres Gesicht.

Ich habe mein Leben versaut und bin zu kaputt, um an eine Änderung zu glauben.

Grüßt mir die zwei Hunde, die ihr Bestes gegeben haben. Nicht jedem fehlt eine Pfote.

Geld hätte mir mehr geholfen. Behaltet mich nicht in Erinnerung, Menschen wie ich sind der Abschaum, den die meisten in Wohnungslosen sehen. Ich ›rocke den Himmel‹ und wünsche Euch mehr Glück, als ich es hatte. L.

»Ich sag es doch. Ein Fake. Warum erkennt die Polizei nicht, dass dieser Brief niemals von ihm stammen kann?«

»Eddy, nimm es bitte hin. Er hat ihn geschrieben, es handelt sich nicht um ein gedrucktes Dokument. Seine Handschrift, schau hin«.

Ben zeigt auf den Zettel.

»Wacht auf. Ich schließe aus, dass es sich um seine Wortwahl handelt«, bleibt mein Kumpel bei seiner Überzeugung.

»Ich gehöre wahrlich nicht zu den Hunden, die an Akzeptanz scheitern, wenn was eindeutig überzeugt. Dieser Wisch belegt nichts. Erst recht nicht, dass Fremdeinwirkung ausgeschlossen werden kann«.

Mir kommt es ebenfalls mysteriös vor.

»Vertraut Eddy. Ein Typ wie Lennart hat kein Interesse, anderen seinen Schritt zu erklären. Unsere Fragerei hat ihn extrem genervt, ohne dass adäquate Antworten zustande kamen. Er richtet diesen Brief an Menschen, die ihn mochten? Er war es, der niemanden an sich heranließ außer uns, und das mit Abstrichen. Ein typischer Selbstmörder steckt in keinem seiner Gene. Dass er statt Pfoten Moneten als wünschenswert beschreibt, deutet zu offensichtlich auf Gründe hin, an denen er angeblich verzweifelte. Dann der letzte Satz, was er anderen wünscht. Meint Ihr im Ernst, dieser verkrachte Typ denkt einen Moment an andere? Viel zu beschäftigt mit sich bleibt kein Raum für engere oder lose Freundschaften. Eddy liegt richtig. Es muss was passiert sein, von dem dieses Schreiben ablenkt«.

Mein Buddy ergänzt, wie seltsam ihm vorkomme, dass irgendwer aus dieser ›Gruselburg‹ einen Arzt verständigt haben soll, wo jeder über den anderen hinübersteigt, der am Boden liegt.

»Hat er Tabletten geschluckt?«.

»Nein«, erklärt Ben. »Er hat sich die Pulsadern aufgeschnitten«.

Das alles passt so wenig zusammen wie Buddha und der Teufel.

Entgeistert blicken uns sechs Augen an, weil wir nicht hinnehmen, was man uns weismachen möchte.

Verharrt unseretwegen in dem, was man Euch auftischt und glaubt der Aussage von Polizisten, denen es überhaupt nicht möglich ist, Lennart einzuschätzen.

»Komm mit Eddy, wir müssen herausfinden, was in den Stunden geschah, die aus Lennarts Erinnerung verschwunden sind«.

Bevor wir losrennen können, schnappen die Großen uns und wir befinden uns im Kofferraum.

Von hier aus hätten wir das Asyl ohnehin nicht gefunden.

Den Weg von zu Hause aus erinnere ich diesmal genauso gut wie Eddy.

Wer uns kennt, weiß, dass wir uns nicht aufhalten lassen, das alles aufzuklären.

Stubenarrest

Wie war das noch mal in dem einen Film über einen Jugendlichen, der jeglichen Ausgang von seinen Eltern nach angeblichem Fehlverhalten untersagt bekam?

Du liest richtig, wir dürfen das Haus nicht verlassen.

Der besagte Junge stieg aus dem Fenster. Entfällt bei uns, wir bräuchten Freddy[1], die Deutsche Dogge, die im Guinnessbuch als größter Hund galt.

Buddha hab ihn selig.

Er hätte uns aus jedem Lug bugsieren können.

Ich überlege, ob ein Anruf beim Jugendamt hilft, weil es was von ›Freiheitsbeschnitt‹ hat

---

[1] https://www.hundemagazin.net/blog/groesster-hund-der-welt-freddy/
https://www.diehundezeitung.com/groesster-hund-der-welt-freddy-im-alter-von-8-jahren-verstorben/

oder wie die Straftat sich schimpft. Eddy befürchtet eine Herausnahme aus unserer Familie und dass wir nicht zu ›Kinderheimlern‹, sondern Tierheimbewohnern werden.

Plötzlich denke ich an Walter und Elias.

»Mamas? Wo steckt Ihr bloß?«. Typisch, Gartenarbeit statt Hundebetreuung. Meckern und beanstanden liegt mir, und ich sehe dann das, was gerade nicht für uns getan wird.

Schwächen aufgedeckt und ich gucke nicht darüber hinweg.

Jetzt habe ich es.

»Freiheitsberaubung, Eddy«, rufe ich, was unsere Frauchen aufblicken lässt.

»Selbst eingebrockte Zwangserziehung, nennen wir das. Was hast Du noch Wichtiges auf dem Herzen?«.

»Können wir Wally besuchen? Selbstverständlich in Eurer Begleitung«.

Leichter als gedacht starten sie das Auto und bringen uns direkt zum Freund von Werner.

Du erinnerst Dich?

Der Senior, der uns zu Lennart führte und der direkt gegenüber von ihm beherbergt wird.

Walter ist außer sich vor Freude, uns wiederzusehen.

Verdammt gut erholt hat er sich, findet Eddy.

Leider habe ich nur eins im Sinn.

Elias ist gerade nicht bei seinem Opa, aber da wuselt Wally um die Ecke. Wenn ich sonst nicht wirklich an intensivem Hundekontakt Interesse zeige, erkenne ich die Chance, die sich uns gerade bietet.

»Gehen wir eine Runde?«.

Meinen Vorschlag aufgreifend befinden wir uns auf einem langen Spaziergang.

Eddy kennt mich besser als mir bewusst war.

»Wohnt Werner weit von Dir entfernt?«, wendet er sich Walter zu.

»Ihr kennt ihn? Ein toller Mensch. Ich besuche ihn viel zu selten. Da vorn lebt er in einem Seniorenstift«.

Wir schnuppern in die gezeigte Richtung, entschuldigen uns bei Wally, ihn stehenlassen zu müssen, weil wir was äußerst Wichtiges erledigen müssten und sind weg.

Das Schreien unserer ›Mamas‹ tut mir wahnsinnig weh, weil ich einzuordnen weiß, wann es sich nach Strafe und wann nach Besorgnis anhört.

Werner hat uns zum zweiten Mal geholfen, wenn auch dieses Mal ohne direktes Zutun.

Schräg gegenüber angekommen betreten wir mit äußerst mulmigem Gefühl das ›Gebäude des Schreckens‹.

»Wo befand sich die Küche?«, fragt Eddy flüsternd.

Ich verzichte lieber auf eine Antwort, bevor wir entdeckt werden und ziehe ihn wortlos mit.

Da sitzen sie.

In unseren Augen von ›Saufschweinen‹ und ›Prügelbestien‹ zu gesuchten Mördern geworden.

Wäre zu einfach gewesen, würden sie ausgerechnet über ihre Tat sprechen.

Wie unwichtig, welches ›Sabberwasser‹ würzig, welches herb schmeckt.

Ich vermeide weiterhin, mich zu unterhalten und hoffe, Eddy wird mir ohne Erklärung folgen.

Aufatmen, als ich erkenne, wie gut wir uns ohne Worte verstehen.

Leise schleichen wir durch den Flur und halten vor einem Zimmer, bei dem ein Licht brennt.

Keiner drin.

Die ›Pennbude‹ von einem der drei?

Wie ein Spürhund jagt Eddy durch alle Ecken. Mobiliar gibt es nicht, was wir bereits von Bens Unterschlupf kennen.

Mit einem Stups an die Matratze schiebt der ›Schnüffel-Westie‹ sie beiseite, wobei tatsächlich zum Vorschein kommt, was Beweiskraft besitzt.

Mit an Sicherheit grenzender Wahrscheinlichkeit war Lennart nicht das erste und letzte Opfer.

Von Kabelbindern über diese Tropfen in den kleinen Behältnissen, die Menschen widerstandsunfähig machen bis hin zu Rasierklingen finden sich zahlreiche Utensilien.

Ach schau, ein Block mit dem Papier des Abschiedsbriefes.

»Eddy?«, schwindet meine Vorsicht bei dringendem Redebedarf.

»Tropfen? Das hieße, die haben ihn betäubt, um ihm die Pulsadern durchzuschneiden. Wie abgebrüht, dann den Notruf zu wählen, um vom Verbrechen abzulenken«.

Mein Freund wirkt traurig und versucht sich zu sammeln.

»Wie grausam, diese Tat, Mo. Lennart wusste also von allem. Schau das Messer. Sie werden ihn zuvor bedroht haben, diese Abschiedsworte eigenständig zu verfassen und er rechnete damit, dass er dem Tod ins Auge blickt. Was für eine Angst muss in ihm stecken, dass er aussagt, keine Erinnerung an den Tag zu haben? Ich hoffe, sie haben ihn vor den Schnitten betäubt. Es macht mich fassungslos, diese grausame Unempfindlichkeit«.

Schritte?

Oh nein, sind wir die Nächsten?

Hinter uns stehen unvermittelt unsere ›Mamas‹.

Glücklich laufe ich zu Ihnen. »Schaut. Wir haben richtig gelegen«.

»Unfassbar. Wir müssen raus hier«.

Beschützt werden wir nach draußen getragen und wir hören, wie die Polizei verständigt wird, die kurze Zeit später eintrifft.

Noch sauer über unseren Alleingang relativieren unsere Frauchen ihren bisherigen Standpunkt.

»Ihr hättet lebenslang Stubenarrest verdient, doch wir sehen, was für ein Potenzial in Euch steckt. Nie aufgeben, hinterfragen, Leichtgläubige zur Besinnung bringen. Wer kann sich da von Bewunderung freimachen?«.

»Sagt schon, wie stolz Ihr seid«, baut Eddy ihnen eine Brücke für den richtigen Zeitpunkt den Frust von vorhin zu vergessen.

»Meist hören wir auf Euch«.

»Das können wir später klären«, kläffe ich dazwischen, denn ich sehe, wie das Trio abgeführt wird.

Pöbelnd und schlagend wehren sich die ›Entmenschten‹ und versuchen nach uns zu treten, als sie sehen, wem sie diesen Abgang zu verdanken haben.

Im Gegensatz zu ihnen werden wir nicht eng in Handschellen von Beamten festgehalten und springen freudig neben ihnen her, bis unsere ›Mamas‹ uns wegziehen.

Wir sollen nicht provozieren, keiner könne sagen, wann die wieder raus seien und dann auf Rache sinnen.

»Lebenslang müssen die weggesperrt werden. Die haben einen umgebracht«, fordert Eddy.

»Lennart lebt. Wir hoffen auf eine gerechte Strafe. Erst einmal habt Ihr Ben viel zu berichten. Kommt, wir können das nicht weiter mitansehen«.

Ich überlege mir in der Zwischenzeit, wie wir uns bei Walter und Wally entschuldigen.

Zu wichtig sind sie uns, als dass wir ihnen das Gefühl geben wollen, sie benutzt zu haben.

Alles zu seiner Zeit.

Am dringendsten werden wir von Lennart gebraucht.

Es muss weitergehen für ihn, irgendwie.

Nur befürchte ich, dass wir das größte Problem vor uns haben.

Er kann nicht in diese Unterkunft zurückkehren; unter keinen Umständen.

›Freund-scha(f)ft‹

Ben zerstört unsere Hoffnung darauf, Lennart aus den Fängen dieses Trios dauerhaft befreien zu können.

Das habe er gemeint mit dem Milieu.

Viele seien weit entfernt zurück auf dem Weg zum Menschen, was seiner Vermutung zufolge daran liegt, dass unterschiedliche Vorprägungen aufeinandertreffen.

»Darum habe ich mich geschämt, auf dieses Niveau abgestiegen zu sein. Was ich an Abgründen kennenlernte, in dieser dunklen Zeit, ist nicht weit entfernt von dem, was Lennart zugestoßen ist«.

Gemeinsam spielen wir Möglichkeiten durch, ihn auf einen besseren Weg zu bringen.

»Bei Dir hat es geklappt«, erkennt Eddy Bens Bereitschaft uns zu verstehen, als wir ihm die Pfoten entgegenstrecken.

»Ich wollte raus aus dem Dreck. Ihr seid das größte Geschenk gewesen. Lennart? Niemand von uns weiß, wie er tickt. Habt Ihr das Gefühl, dass er sich helfen lassen will oder dass man ihm helfen kann?«

Ben schaut mich fragend an.

»Er braucht einen Freund, dem er vertraut. Ich denke an Dich«.

Ben lehnt dankend ab und kritisiert aufs Schärfste die Verhaltensweisen von Lennart uns gegenüber, von denen wir berichtet haben.

»Ich schließe schwer Freundschaften. Früher war es bereits ein Problem für mich zu vertrauen, was durch die Zeit auf der Straße nicht gerade besser wurde. Lennart hat etwas an sich, was mich stört und damit meine ich nicht das Trinken. Versteht mich nicht falsch, ich bin froh, dass er nicht gestorben ist. Aus dem Sumpf jedoch soll er sich selber ziehen«.

»Hätten wir so über Dich gedacht, wo wärst Du heute?

Vielleicht lägest Du als Opfer heute im Krankenhaus oder neben Ann-Kathrin«, appelliere ich an sein Verständnis.

»Uns hat er auch verletzt, allerdings war er es, der uns heil aus diesem Verlies brachte, als wir in Gefahr gerieten«.

»Unrecht haben sie nicht«, hören wir Jonnas Stimme aus dem Wohnzimmer.

Leonie findet, dass wichtiger wäre herauszufinden, was Lennart zu dem gemacht hat, wie er sich heute gibt.

»Freundschaft trägt, und ein Freund schafft mehr als Mitbewohner eines Obdachlosenasyls«, bringt es Eddy auf den Punkt, bis Ben einlenkt.

»Ich fahre ins Krankenhaus und erzähle ihm von Eurer mutigen Aufklärung des fragwürdigen Suizids. Versprechen kann ich Euch nichts. Gerade erst bin ich so weit, mein Leben aufzuräumen und neu zu gestalten. Mir fehlt es an Kraft, für zwei zu kämpfen. Er muss den Hintern hochkriegen, was voraussetzt, dass er was verändern will. Ich zweifele dran«.

Es ist ein Anfang.

Wir haben keine Ahnung, wie Hilfe aussehen könnte.

Das Schlimmste sind fehlende Informationen.

Wie lange lebt er bereits auf der Straße?

Hatte er womöglich Familie?

Gibt es überhaupt was Positives aus seiner Biografie?

Abwarten und auf Bens Rückkehr warten. Vielleicht gelingt ihm uns Fragen zu beantworten.

Derweil machen wir uns in Begleitung von Leonie und Edmo auf den Weg zu Walter und Wally.

»Elias?«

Eddy ist ebenso außer sich vor Freude wie ich, ihn endlich wiederzusehen.

»Ich habe Euch hergezaubert. Ihr erinnert Euch an das Weihnachtsgeschenk für mich?«.

Elias simuliert einen Zauberstab.

Wir ziehen ihn mit nach drin und erklären Walter unseren abrupten Abgang, der alles andere als enttäuscht war.

Er habe geahnt, dass wir wieder irgendeine wichtige Mission verfolgen.

Wie gut uns manche kennen.

Edmo und Wally verstehen sich auf Anhieb, was an die sofort einsetzende Verbundenheit zwischen Eddy und mir erinnert, als wir uns zum ersten Mal begegnet sind.

Leonie verbindet unverzüglich was mit Elias. Vermutlich sieht sie in ihm ihren verstorbenen kleinen Bruder.

Ein schöner Nachmittag neigt sich dem Ende und wir halten die Neugier kaum aus, ob Ben was erreichen konnte.

Ihn überfallen wir dann prompt, als wir zurück sind.

Oh, unsere ›Mamas‹ sind hier.

»Und?«, übernimmt Leonie.

»Setzt Euch erst mal. Ein Versprechen musste ich geben, dass ich den Grund für die Eskalation im Heim für mich behalte, doch mich rührt, dass Lennart nicht nur sich sieht, wie wir alle vermuten«.

Wir verstehen nichts, bis er uns berichtet, von dem auch wir ergriffen sind.

»Er hat aufgeschnappt, wie dieses ›Straftrio‹ Pläne geschmiedet hat, wie sie an Euch herankommen, bis er ausgerastet sei. Als er ›dummer Mini‹ und ›irre Weiß-Nase‹ hörte und dass sie jemanden kennen, der solche Hunde zu ›Essen am Spieß‹ verarbeitet, habe er wie wild auf alle eingeprügelt, bis sie ihn überwältigen konnten. Halt drei gegen einen. Er sei ohnehin volltrunken gewesen und habe es als weniger schlimm empfunden, sich von seinem leeren Leben zu verabschieden. Unter Lachen meinte er, dass Eddy und Mo wirklich klug seien, dass er derartige Abschiedsworte niemals gewählt hätte. Wie alles abgelaufen sei, daran habe er tatsächlich keine Erinnerung. Amnesie aufgrund des Alkohol-Blutspiegels und der Betäubungstropfen. Im

Krankenhaus aufwachend habe er in seiner Hosentasche eine Drohung gefunden. Sollte er überleben, Gnade den zwei Hunden Gott, sollte er von Fremdeinwirkung sprechen. Insofern habe er den Suizidversuch eingeräumt«.

Schafft Stille, einen ganzen Raum zu füllen? Keiner von uns macht den Anfang zu sprechen. Vermutlich, weil keinem was Passendes einfällt.

Ben und Jonna holen von draußen Holz für den Kamin, Leonie sitzt auf der Couch mit Edmo auf ihrem Schoß, während wir zu unseren ›Mamas‹ schauen, in deren Augen sich viele Tränen gesammelt haben.

»Nicht weinen, bitte«, zerstöre ich die Stille.

»Wir realisieren gerade, in welcher Gefahr ihr Euch befunden habt. Dankbar müssen wir diesem Lennart sein, mehr als das«.

Von hinten legen sich Hände auf die Schultern unserer Frauchen.

»Irgendwas gibt es im Innersten von Lennart, das noch nicht verloren ist«, meint Ben.

»Freundschaft kann man nicht beschließen, sie muss entstehen. Ich fühle mich bereit dazu, wenn er erkennt, dass es für ihn noch nicht zu spät ist«.

»Eddy? Das ist unser Part. Viele haben wir zusammengeführt. Warum keine Freundschaft initiieren?«, zwinkere ich meinem Freund zu.

»Vorstellbar. Dazu müssen wir Lennart kennenlernen. Du mit Deiner hochsensiblen Antenne hast gewusst, dass er Geheimnisse hütet. Weißt Du, wie wir sie rauskitzeln?«.

»Was, wenn er nicht kitzelig ist?«.

»Dumpfbacke«.

»Hey, ›Mister Besserwisser‹«.

»Du meinst das ernst? Man sagt herauskitzeln, wenn man erfahren will, was sich in einem anderen abspielt. Das hat nichts mit dem Versuch zu tun, Lennart durch Berührungen zum Lachen zu bringen«.

Alle um uns herum lachen.

»Habe ich das Gruppen-Kitzeln verpasst?«, verkneife ich mir nicht, selbst wenn es neuen Anlass gibt mich zu belächeln.

Wie ich es hasse, vorgeführt zu werden.

»Wer sagt, dass ich ihn nicht so intensiv kitzeln könnte, dass er es nicht mehr aushält und freiwillig seine Geschichten offenbart, damit ich von ihm ablasse?

Auf diese Weise verstummen Schlaumeier. Shit, wenn einem die Argumente ausgehen«.

Ich gehe jetzt meine innere Genugtuung genießen, entferne mich und entschwinde allen bewundernden Blicken.

Wenn einer sein Leben versteht, dann ein Shih Tzu.

›Kitzeln‹ bis ›Senfopa‹

*1*ch geh ›kitzeln‹ - Lennart verlässt heute die Klinik.

Er ist mit Ben verabredet, was wir nutzen zum ersten Aufeinandertreffen, seit wir ihn nach dem Auftritt als ›Bettler mit krankem Hund‹ nicht mehr gesehen haben.

Eddy macht demütig, wie er uns vor dem ›Prügeltrio‹ verteidigte, obwohl er ihn zuvor bloßgestellt hat.

Auf dem Krankenhausgelände warten wir auf unseren Verteidiger, der von Weitem grinst, als er uns erblickt.

»Na ihr drolligen ›Dingchen‹. Ihr habt mich vermisst?«.

Da ist er wieder, dieser süffisante ›Arroganz-Macker‹.

Ben scheint vorab nicht verraten zu haben, dass wir hier sein werden.

Wir dürfen offiziell nicht von Lennarts Heldentat wissen, weshalb wir uns ein herzliches Danke verkneifen.

Stattdessen schießt Eddy mal wieder übers Ziel hinaus.

»Wir wollten uns vergewissern, dass Du wirklich tot bist. Scheint nicht unser Glückstag zu sein«.

Dieses Lachen, herzlich und ehrlich wirkend, zeigt, wie sehr Lennart unsere Art schätzt.

Böse ist er nicht, eher zugewandt, was der Abstinenz zuzuschreiben ist, die er im Leben nicht freiwillig eingehalten hätte.

Sein Blick über den Parkplatz irritiert uns und das Naheliegendste kommt mir nicht in den Sinn.

»Hier gibts keine Bier-Tankstelle«.

Lennart schaut zu mir.

»Schade. Mein Nachholbedarf ist riesig. Allerdings habe ich geschaut, wer sich hier aufhält«.

Peng.

Klar, in ihm toben Ängste, die Täter könnten bereits auf freien Fuß sein.

Ben schlägt uns einen Besuch in dem Café vor, in dem er einst sein Leben wiederfand. Lennart spricht - wie damals Ben - von Hunger und Kälte, die er zu gern stillen würde.

»Hast Du Deine Schuhe am Krankenbett vergessen?«, scherzt Eddy.

»Wenn man lange zum Liegen gezwungen wird, schrumpft der Körper, vor allem die Füße. Bei mir von Größe 46 auf 36. Das veranlasste mich, meine Schuhe zu spenden. Stöbert Ihr nachher im ›Ballando-Schuppen‹ mit mir nach neuen?«

Humor hat er, was den Kontakt leichter gestaltet, was hilft, weil sich mein Freund nicht zusammenreißen kann. War dieser Textil-Gigant nicht einer mit ›Z‹? Egal.

Im Café sitzen wir im Warmen und warten auf das Frühstück de luxe.

Es spricht nichts dagegen, dass wir die Croissants von Ben übernehmen, der in unseren Augen grundlos aufsteht und sich entschuldigend verabschiedet, weil er dringend im Hospiz benötigt wird.

»Ich muss fort. Jonna hat angerufen und braucht meine Hilfe«.

Komisch, dass das Handy klingelte oder überhaupt ein Telefonat scheinen an uns vorbeigegangen zu sein.

Wenigstens verspricht er, uns in zwei Stunden abzuholen und legt Geld auf den Tisch, das für umgerechnet drei Nachschläge reicht.

»Du, Lennart?«, verlier ich keine Zeit.

»Wir sind glücklich, dass Du lebst«.

»Ich nicht, wenn ich ehrlich bin. Nun mache ich das Beste draus«.

»Das Beste«, weiß Eddy, »sind wir. Du bist nicht allein. Tu, was Du willst, Dir aber niemals leid. In jedem steckt ein Stückchen Ben«.

Zum allerersten Mal gibt uns Lennart das Gefühl, dass wir ihm wichtig sind.

Keine schroffe Abfuhr, kein über den Mund fahren, nicht ein böses Wort.

»Ich wünschte, einer würde in mir leben. Ein Ben, meine ich«.

Irre ich oder ist es das erste ehrliche Gefühl, das er offenbart?

»Ich muss Dich kitzeln«.

Als er sagt, dass er gegen Krabbeln immun sei, verliere ich die Hoffnung, etwas aus ihm herauszubekommen.

Bis er von sich aus anfängt zu erzählen.

»Tatsächlich wäre es mein sechster Selbstmordversuch gewesen. Sagt, was Euch durch die kleinen Köpfe schießt. Dass ich selbst dazu zu blöd bin?«.

Sein Zwinkern wirkt kindlich und unbeholfen, seine Handführung durchs Haar nervös und nach Ablenkung schreiend.

»Das Leben hält Dich fest, weil auf Dich irgendwas wartet, dass Du um nichts versäumen darfst«.

Eddy legt ihm die Pfote auf seinen nackten Fuß.

»Was sollte das sein? Der Umzug in eine neue Baracke? Vielversprechend«.

Lennart füttert uns mit einer Hand mit seinem Käse, während er mit der anderen lustlos den Kaffee umrührt. Warum bestellt er ihn, wenn er keinen mag?

Er ist und bleibt undurchschaubar.

»Hast Du immer schon hier im Viertel gewohnt?«.

Trotz der Befürchtung, dass er gleich aus dem Kontakt geht, muss ich es wagen, mehr über das Dilemma zu erfahren, das ihn auf die Straße geführt hat.

»Nein, Mo«.

Oh, er spricht mich mal persönlich an.

»Gelebt habe ich hier zum allerersten Mal. Sagt Dir die ›DDR‹ was?«.

Dieses Wort kitzelt indes viel aus mir heraus.

»Eddy kommt aus Berlin, ich glaube aus dem Osten. Eine meiner ›Mamas‹ auch und unsere Tante. Das ist gemeint, oder?«.

»Das war einmal. Ein Regime mit der Kraft, den Menschen in mir zu zerstören. Psychiatrie-Aufenthalte und Inhaftierung formten aus dem Feuer, das einst in mir brannte, eine Glut, bis mir nur Asche blieb«.

Wir merken, wie schwer es ihm fällt, davon zu sprechen, überhaupt sich daran zu erinnern.

»Du bist also wirklich ein Straftäter?«.

Mich enttäuscht, dass ich falschgelegen habe.

Ich habe nie daran gezweifelt, dass er tief drinnen ein guter Mensch ist. Weit gefehlt. Lennart spürt meine einsetzende Ablehnung und erklärt, dass er nichts Unrechtes getan habe. Weder sei irgendeiner durch ihn zu Schaden gekommen noch habe er sich bereichert. Seine Probleme lägen tiefer und er habe sie verschlossen gehalten, um zu vergessen. Seine Art sei tatsächlich überheblich, indessen gespielt und betont locker. Während er nach innen weine, lebe die Hülle den Traum vom lachenden Clown. Erst durch uns und das Nicht-Konsumieren im Krankenhaus, in dem er viel Zeit zum Nachdenken gehabt habe, sei ihm klar geworden, dass er nicht bis zu seinem Lebensende verdrängen könne, was alles geschehen sei.

»Getröstet hat mich stets, dass ich in der Hand habe zu gehen. Wiederholt missglückte Suizidversuche zeigen mir, dass mich tatsächlich irgendwas hält. Vielleicht stimmt es, dass man sein Leben aufräumen muss, damit man bei dem zitierten zweiten Leben nicht einem Haufen an Prüfungen ausgeliefert ist. Ein zweites Mal könnte ich sie nicht bewältigen«.

Auf einmal erscheint Ben im Café.

Nein, bitte lass diese zwei Stunden nicht um sein, ausgerechnet jetzt.

Lennart legt unverzüglich einen Schalter um und scheint wieder auf ›seiner Bühne‹ zu stehen. Lachend witzelt er mit Ben über Gott und die Welt.

Ich hänge den Erzählungen nach.

Diesem Mann ist was widerfahren, das alles erklären kann.

Nur sind die spärlichen Informationen zu gering, als dass wir damit wirklich was anfangen können.

Auf einmal wird ein Anvertrauen zu einem albernen Gelage, was mich zum Ergebnis kommen lässt, dass Lennart vor Ben nicht über einschneidende Erfahrungen sprechen kann.

Ist es das?

Schafft er nicht, sich Menschen anzuvertrauen?

Wir als Hunde finden den nötigen Zugang?

»Unsere ›Mamas‹ wollen übermorgen in die ›DDR‹«.

Eddy schaut fragend zu mir.

Sorry, ich kann nicht anders.

Notlügen wurden in der Vergangenheit am ehesten verziehen.

»Lennart? Ich kenne die drei Buchstaben, nicht das, was sich dahinter verbirgt. Wie hieß es gleich, wo Du herkommst? Salzwedel?«

»Dresden. Hatte ich das erzählt? Die Medikamente machen mich scheinbar müde«.

»Was für ein Zufall, Eddy, hast Du gehört? Wir wollen nach Dresden, weil unsere Frauchen dort dem ›Senfopa‹ einen Besuch abstatten wollen«.

»Die Semperoper«, korrigiert Lennart, »kenne ich gut«.

»Wir brauchen Dich als Fremdenführer. Kannst Du in Deinem Terminplaner nachschauen, ob Du Zeit findest?«.

Ben erkennt längst meine Absicht und klopft seinem Neufreund auf die Schulter.

»Ich glaube, Du musst dieses wichtige Meeting wahrnehmen und alle weiteren Dates stornieren«.

»Ich merke es. Wenn die Geschichte meiner alten Heimat zwei wissbegierige Hunde interessiert, bei denen ich ohnehin was gutzumachen habe, führt mein nächstes Ziel zum ›Senfschuppen‹«.

»Ich hatte mich versprochen. ›Semperopa‹ ist jedem ein Begriff«.

Die beiden Männer gehen bezahlen, während Eddy mich strafend ansieht.

»Du kannst unsere ›Mamas‹ nicht ungefragt einbinden. Mal nach Dresden gurken, knallst Du völlig durch?«.

»Ach, Eddy, alter nicht zu schnell. Du wirst es ihnen erklären, wenn Du nachher von der anstehenden Tour erzählst. Ich erinnere Deine Überzeugung, jederzeit die besseren Argumente zu haben. Es wird Zeit es zu beweisen, mein Philosoph ohne Nobelpreis, dafür mit der Lizenz zum Lügen«.

»Was ist mit Eddy?«, will Ben beim Verlassen des Cafés wissen.

»Nichts, an manchen Tagen wird er zum ›Müdegedöns‹ oder er hat zu wenig Häppchen abbekommen. Alles gut«.

Wenig später im Auto straft mich ein Blick ab, düsterer als Gewitterhimmel, teuflisch und nichts Gutes für die nächsten Stunden prophezeiend.

›Fix-Bus‹

Was für eine Mimose, mein Eddy.

Meilenweit vor mir zur Haustür laufend, als wir aus dem Auto gesetzt werden, wirkt auf mich wie ein zwanghaftes Bemühen zu zeigen, dass er meine Aktion als absurd und unentschuldbar empfindet.

Tangiert mich wenig angesichts wirklich guter Laune.

Ich vertraue auf seine plausible Erklärung unseren ›Mamas‹ gegenüber, dass wir vor einer weiten Tour stehen.

Zugegeben, zeitlich knapp, aber Spontanität muss gepflegt werden, damit die Menschen nicht verkümmern.

Freudig werden wir empfangen.

Gute Vorzeichen?

»Eddy hatte eine Idee. Bevor wir gänzlich dem Corona-Überdruss erliegen, brauchen wir alle Ablenkung, explizit Ihr«.

»Sag nur. Was schwebt Euch vor? Mal wieder Elbe-Luft schnuppern?«

»Geht weiter auch?«

Ich blicke böse zu Eddy.

Was daran hat er nicht verstanden, dass er eine Aufgabe zu übernehmen hat?

»Freiwillig längere Autofahrt? Das überrascht uns. An die Ostsee zum Hundestrand?«.

»Eddy hat einen besseren Vorschlag. Los, traue Dich«.

Unsere Frauchen gucken erwartungsvoll zu ihm, bis er endlich sein Maul aufkriegt.

Bloß weiß ich nicht, ob mich das glücklich machen soll.

Lieber hätte ich mir was ausgedacht.

»Mo will nach Dresden. Da staunt Ihr. Für ihn ist ein bekanntes Bauwerk der ›Senfopa‹. Auf den Spuren von Lennarts Leben will er wandern, weil sich der Querkopf einredet, einzig auf diesem Weg mehr über ihn zu erfahren. Schwachsinnig, dieser Vorschlag. Ihr kennt ihn. Meiner Empfehlung, vorab Euch zu fragen, um anschließend Lennart einzuladen, wollte er nicht folgen. Ich habe keinen Appetit auf Christstollen«.

Jetzt haben wir den Salat.

Vor vollendete Tatsachen lässt sich niemand gern stellen.

»Wo willst Du hin?«, fragen sie mir entgeistert hinterher.

»Ich muss einen ›Fix-Bus‹ chartern, der in zwei Tagen dorthin fährt. Meine Versprechen breche ich nie. Und für Dich« - ich schaue zu meinem Freund - »wird kein Platz sein, zwei reichen. Hoffentlich passiert mir nichts bei meiner ersten eigenverantwortlichen Reise«.

Warum hält mich niemand zurück?

Entgegen meiner Erwartung, sie würden einknicken und mir die Fahrt ermöglichen, stoße ich auf Ablehnung.

Konsequent sind sie und wollen sich nicht erpressen lassen, logische Erklärung der Großen.

Ich habe nicht gedroht, niemanden bedrängt oder eingeschüchtert.

Verdammt, wie kriege ich den blöden Laptop-Deckel hoch? Ich muss die Webseite des ›Fix-Busses‹ finden.

»Mo?«

Oh nee, der hat mir gerade noch gefehlt.

»Denk zurück an unsere letzte Mission. Leonie? Schulbus? Dämmert es Dir? Du hast eine Riesenangst vor dieser Art des Transportes. Willst Du das auf Dich nehmen für einen Kerl, von dem Du weißt, dass er mal Insasse eines Knastes war?«.

»Deine Vorurteile kotzen mich an. Bislang sind wir vorbehaltlos auf jeden zugegangen, egal, wie viele Fehler uns jemand von sich offenbarte. Ich versteh Dich nicht mehr, Eddy«, sag ich traurig. »Du warst es, der meinte, dass wir nicht weggucken dürfen an Stellen, wo andere es permanent tun«.

Eddy schiebt mir eine Pfote unters Kinn, um meinen gesenkten Kopf anzuheben.

»Ich bin noch der Alte. Ein Kämpfer für Gerechtigkeit und ein ›Nichtaufgeber‹. Und Du bleibst mein ›Weltverbesserer‹. Nur mit dem Kopf durch die Wand, andere vor vollendete Tatsachen stellen, auf diese Weise funktioniert es nicht. Unsere ›Mamas‹ haben bewiesen, wie sie hinter uns stehen. Was sprach dagegen, sie um den Gefallen zu bitten? Vermutlich hätten sie nicht abgelehnt. Früher oder später landen wir bei der Mission, unsere eigenen Frauchen retten zu müssen bei allem Bockmist, den wir fabrizieren. Willst Du das?«.

Langsam verstehe ich, was er mir sagen will und ich merke an mir dieses Infantile, das mich stets in Situationen bringt, die nicht leicht zu händeln sind.

Nicht absichtlich provoziert denke ich viel zu wenig nach, wenn ich einen Einfall habe, von dem ich glaube, alle würden in Jubelschreien ausbrechen.

»Warum muss es Dresden sein, Mo? Wir können hier mit ihm sprechen«.

Meine Tränen berühren ihn, das merke ich, dennoch sind Worte hilfreich, um ihm das Gefühl zu geben, wie ich konform laufe mit dem, was er mir erklärt.

»Magst Du ihn nicht?«

»Wie kommst Du darauf?«

»Warum ist das Einzige, was von heute hängen blieb, seine Inhaftierung?«

»Mensch, Mo, das stimmt nicht. Indes ist sämtliches bei ihm undurchsichtig. Wer weiß, ob er nicht kleine Hunde frisst«.

Eddy lacht.

Findet er das lustig?

Dann hätte er dem ›Prügeltrio‹ gestattet, uns anderen zum Fraß vorzuwerfen.

Wäre ein Leichtes gewesen sich Teller und Gabel zu schnappen, um anschließend in den Genuss der Beute zu kommen.

»Er hat uns das Leben gerettet. Wir sind dran. Sobald Lennart spricht, merke ich sein Zögern sich mitzuteilen. Mutmaßlich ist es für ihn einfacher, wenn er in der alten Heimat an

Geschehnisse erinnert wird. Manchen fällt es schwer, fernab über Gewesenes nachzudenken. Würde ich heute noch einmal in dieser schlimmen Wohnung sitzen, als ich in die Fänge der ›Welpen-Mafia‹ geriet, würde ich plappern wie ein Wasserfall. Sicher fielen mir Details ein, die ich später verdrängt habe«.

»Eine schlimme Zeit, ich weiß«.

Eddy rückt näher.

»Ich hoffe, Du verrennst Dich nicht. Wir helfen Lennart, versprochen, auch wenn niemand weiß, ob er Dresden noch im Herzen trägt«.

»Er hätte keiner Fahrt dorthin zugestimmt, wenn es ein Trauma ohne Aussicht auf Erlösung darstellt«.

Eddy öffnet den Laptop mit einem ›Pfoten-Hau‹. Ich beneide seine Fähigkeiten und mich wärmt, dass ich ihn überzeugt habe.

Noch mehr, dass unsere ›Mamas‹ - wahrscheinlich schon eine Weile - hinter uns stehen und uns mitteilen, dass die Reise in zwei Tagen starten wird.

Vergangenheit

Wer hatte diese Idee zu einer Autofahrt, die schier endlos ist?

Selbstredend, dass gerade ich kein einziges Wort über die Qualen verlieren darf.

Lennart wandert - anders als Ben - noch immer in seinem Straßenlook durch die Welt.

Hat irgendwas, dass er sich weder versteckt noch sich seiner schämt. Wenn doch, lässt er sich das nicht anmerken.

Er, mit uns hinten sitzend, redet nach vorn kein einziges Wort.

Einzig mit uns spricht er, als würden Fahrzeuglenker und Beifahrer überhaupt nicht existieren.

Es fällt mir schwer, mich dem Eindruck zu erwehren, dass er ein gravierendes Problem mit dem Kontakt zu anderen Menschen hat.

»Hast Du die Schule besucht, Len?«, versuche ich ihn aus der Reserve zu locken.

»Nicht lange, ausprobiert trifft es am ehesten«.

An mir geht nicht vorbei, dass er mehr und mehr davon abrückt, auf Fragen blöde Antworten zu geben. Eher wirkt er nachdenklich und traurig.

Eddy will wissen, wo er gelebt hat, wäre Lennart nicht damit beschäftigt, die Entwicklung der Zeit zu bestaunen.

Ein Navigationsgerät habe es früher nicht gegeben. Er sei noch mit einer Straßenkarte losgezogen, wenn er ein Ziel gesucht habe.

Überhaupt mache ihm der technische Fortschritt große Angst.

Die Menschen machen sich förmlich überflüssig.

Er würde lieber erzählen, wo sich seine alte Schule, sein ehemaliger Familienwohnsitz, die ›Horrorpsychiatrie‹, das Gefängnis und der Platz, an dem er sich versteckt habe, befinden.

Straßennamen in dem Gerät einzugeben habe etwas Unpersönliches, woraufhin unsere

›Mamas‹ das Navi abschalten und ihn fragen, was er gern zuerst besuchen würde.

»Nichts von alledem«.

Schnell merkt er, dass diese Fahrt keinen Sinn ergibt, sollte er nicht zumindest ein Teil von früher im Herzen tragen, was nach Wiedersehen schreit.

»Ich zeige Euch mein Versteck. Ein selbst gewähltes, ohne abgeführt und bestraft zu werden. Diesen Platz trage ich tief in mir«.

Mit wenigen notwendigen Hinweisen führt er uns direkt dorthin.

»War das Dein Lieblingsplatz?«, frage ich erschrocken.

Es sieht nach Überresten aus, wie ich sie aus Kriegsfilmen kenne. Eine dunkle Brücke, die lange nicht mehr befahren wird, baufällig und verlassen.

Darunter Mauerreste.

War er zu ›DDR-Zeiten‹ bereits obdachlos? Hier versteckt sich niemand, der sein Leben schätzt.

Unsere Frauchen macht diese Gegend nachdenklich und sie bitten darum, ins belebtere Dresden zurückfahren zu dürfen, um ein Bistro zu besuchen.

»Eddy? Hier ist der Ort, der ihm am meisten bedeutet hat. Für mich unverständlich. Er wird uns nichts von sich erzählen, solange er nicht mit uns allein ist. Meinst Du, wir kriegen ein paar Stunden ›Frauchen-lose Zeit‹ eingeräumt?«.

»Du besserst Dich. Vor zwei Tagen hättest Du verlangt, dass ich dafür sorge, es möglich zu machen, was Du Dir wünscht. Ich lasse mir etwas einfallen«.

Eddy redet auf unsere ›Mamas‹ ein, wovon ich nicht viel mitbekomme, weil ich Lennart beobachte.

Er befindet sich auf dem Weg unter die Brücke, eine Wolldecke unterm Arm tragend.

Ab und zu blickt er sich scheu um.

Aus Gedanken gerissen zieht mich Eddy mit.

»Fahren sie zum Bistro?«

Mich beruhigt zu hören, dass sie uns niemals allein lassen würden, im Auto bleiben und Musik hören.

Wir sollen die gemeinsame Zeit genießen, ohne uns gedrängt zu fühlen.

Dankbar und glücklich folgen wir Lennart zu diesem tristen und trostlosen Ort.

Hier zu sitzen zwischen Geröll in einer dunklen Atmosphäre war nicht das, was ich mir vorgestellt habe. Vermutlich ist diese Stelle geeignet, Erinnerungen wachzurufen.

Die Decke ist das Einzige, das mich behütet und ich kuschele mich dicht an Eddy.

Erst schaut Lennart, angelehnt an eine Abbruchwand, in die Ferne.

Wäre hier zumindest ein Kanal oder See. Steine über Steine.

Dann passiert das, worauf ich lange gewartet habe und wofür sich alle Strapazen, auch die seelischen, lohnen.

»Wisst Ihr«, beginnt Lennart nachdenklich, »wie glücklich ich bin, dass ich nicht alleine hier sitze wie zahlreiche Male zuvor? Kontinuierlich war ich hier, wenn ich Freiheit schnuppern wollte. Ein toller Ort, oder?«

Ich schaue zu Eddy und sein Blick drückt mein Entsetzen aus.

»In meiner Jugend war ich lange in einer psychiatrischen Klinik untergebracht. Die Trennung von meinen Eltern – vor allem die von meiner Mutter – und die Verhältnisse in dieser Psychiatrie waren das Schlimmste«.

»Verhältnisse?«, will mein Freund es genauer wissen.

»Ausgeübte Gewalt an einem Jungen, Demütigungen und Misshandlungen. Wie oft fühlte ich mich dem ohnmächtig ausgesetzt und entwickelte große Angst und Einsamkeitsgefühle. Irgendwann schlug meine Traurigkeit in Wut um und ich trat aggressiv auf, was die Ärzte veranlasste, mich auf diese Station für Schwerverbrecher zu verlegen. Es begann eine Folter der anderen Art, anders als die, die ich später noch erleben sollte. Diese ging von den Mitpatienten aus. Mitgefangene trifft es besser. Bis heute weiß ich nicht, ob meine Unterbringung gesetzeswidrig und unrechtmäßig war. Große Schwierigkeiten bereiteten mir Lesen und Schreiben, sodass ich viele Dinge nicht verstand, die man mir unterschob, was ich zu verheimlichen versucht habe. Im Zusammenhang mit meiner Isolation und der Sehnsucht nach zu Hause kam es zu einem ersten Suizidversuch, der zur weiteren Psychiatrie-Einweisung geführt hat, diesmal in einer ›Suizidklinik‹. Dafür hatten meine Eltern gesorgt. Erst noch glücklich über die Verlegung merkte ich schnell, dass eine Klinik wie die andere war. Ich hatte den Selbstmordversuch überlebt, begriff hingegen, dass ich längst am Sterben war. Stück für Stück, jeden Tag mehr«.

Es tut weh, ihn in dieser Verfassung zu sehen und sich vor Augen zu führen, wie sehr dieser Mann gelitten haben muss.

Wir erfahren, dass er ein guter Fußballspieler gewesen sei, mit großem Potenzial aus seinem Talent eine Menge zu machen.

Wie es zu der Inhaftierung gekommen sei, könne er bis heute nicht sagen. Auf einmal hätten sie ihn ›abgeholt‹.

Später erfuhr er, dass die ganze Familie langfristig unter Beobachtung gestanden habe.

»Ich war 18 Jahre und sie unterstellten mir einen geplanten Fluchtversuch. Überhaupt ist mir bis heute schleierhaft, was ich verbrochen hatte. Erneut sperrte man mich von der Gesellschaft weg. Was ich erinnere, bringt mich immer wieder zum Weinen. ›Diese Verhöre‹. Laufend hat man mich in einen winzigen Raum geschlossen und aufgefordert, dass ich was aufschreiben soll. Ich konnte wirklich nicht schreiben, was mir höllisch schmerzende Nackenschläge einbrachte. Ja, Eddy und Mo, ›diese Schläge‹ trage ich bis heute in meinem Gehirn - wie eingefressen. Schlimmer noch, ich spüre sie. Mehrfach pro Woche hat man versucht, mich kleinzukriegen. Weil ich unangenehm aufgefallen sei, obwohl ich lediglich Worte erinnere, man möge mich in Ruhe lassen, wurde ich von einem Gefängnis zum anderen verlegt, bis eine belastende und langanhaltende ›Dunkelhaft‹ mein Innerstes gänzlich zerstörte.

Wisst Ihr, wie es ist, ohne Licht zu sein?

Auch das Gegenteil fand statt.

Tagelanges Wachhalten im Hellen mit Schlafentzug war nicht weniger grausam. Beides benötigt der Mensch. Den Tag zum Leben, die Nacht, um zur Ruhe zu kommen und sich zu stärken.

Mia konnte nicht wissen, woher meine Schreckhaftigkeit kommt. Dieses Türknallen, laute Geräusche und das Anschleichen von hinten. Sie liebte Zärtlichkeiten, was völlig normal ist für eine junge Frau. Wie hätte ausgerechnet ich ihr etwas von mir geben können, wenn ich mich seit Jahren vergessen habe?«

Lennart weint, streckt seine Arme nach vorne und zieht die Ärmel hoch.

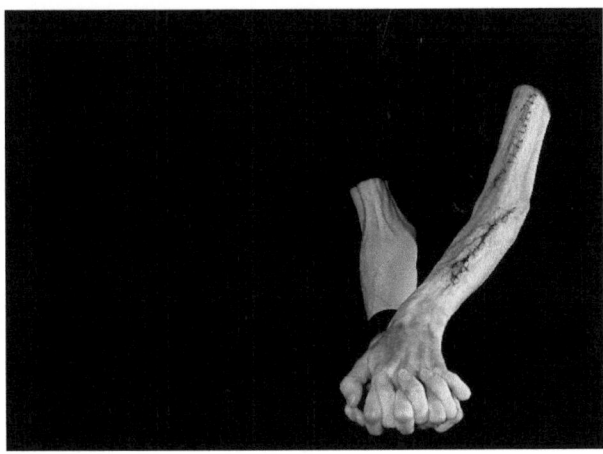

»Schaut her, diese Narben. Wenn Mia danach fragte, wie es dazu gekommen sei, habe ich dichtgemacht. Nicht einen Moment hatte sie eine reelle Chance, mich zu verstehen, weil ich sie ihr nicht geben konnte. Euch kann ich es seltsamerweise erzählen, nicht einem anderen Menschen. Keiner Mia, keinem Ben.

Ich habe versucht, ein guter Partner zu sein.

Nicht einen einzigen verdammten Tag habe ich das geschafft.

Ohrfeigen könnte ich mich ihr nicht mal beigestanden zu haben, als ihr Vater starb. Ein Mann, an dem sie ebenso hing wie an mir. Mich hinderte am Beiwohnen der Beerdigung die dunkle Jahreszeit, die Menschenmenge und generell, dass ich hätte unterwegs sein müssen«.

Ich - als Shih Tzu - empfinde mich gerade kleiner als der ›Mini‹, wie ich stets bezeichnet werde.

Es fällt mir schwer, das alles zu begreifen. Wie konnte Lennart später arbeiten, wenn er Lesen und Schreiben nicht beherrscht?

»Was musstest Du aufschreiben, wenn sie Dich wegsperrten?«

»Ich sollte andere beschuldigen und von meiner Familie berichten, was ich aber auch nicht getan hätte, wenn mir das Übermitteln gelungen wäre«.

Unverhofft steht Lennart auf, stellt sich direkt vor uns und hält sich seinen Zeigefinger an die Stirn. Dazu ein Lachen, als wäre er nicht mehr bei uns.

Ist er bei sich?

»Scheinerschießungen waren an der Tagesordnung. Drohungen, mir die Füße abzuhacken, damit ich nie mehr selbstständig meinen Weg verfolgen könne. Was ich nicht mehr aus meinem Kopf bekomme, ist der Morgen, als mein Zellennachbar plötzlich ›gehangen‹ hat. Diese Zustände auszuhalten hat er nicht verkraftet und mich zurückgelassen«.

»Richtige ›Zellenfreunde‹ hat es seinerzeit nicht gegeben, weil sich unter den Inhaftierten Leute von der Staatssicherheit befunden haben.

Seither tue ich mich verdammt schwer mit Freundschaften und bin behindert in der Entwicklung einer tragfähigen Beziehung.

Misstrauen ist neben dem ›Scheiß-Alkohol‹ mein treuester Begleiter. Bis heute erinnere ich die Schreie, wenn einer nebenan verprügelt wurde. Insgesamt möchte ich nicht mehr an die Hafterlebnisse denken und darüber sprechen ist, als würde ich aus mir herausgehen. Euch bin ich das schuldig, denke ich. Noch viel mehr hätte Mia ein Recht darauf gehabt. Meine Mia. Was habe ich ihr alles angetan?«.

Hoch ansteckend, seine Tränen.

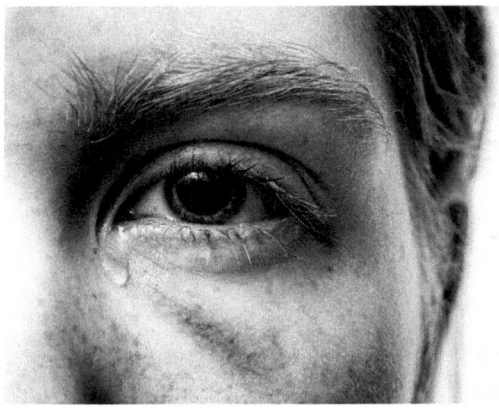

Ohne Schuhe

Mit einer Frage alles aussagen, das gelingt Lennart.

»Wisst Ihr, wie gut Ihr es habt, keine Schuhe tragen zu müssen? Ihr lauft - für alle selbstverständlich - auf Euren Pfoten, spürt jedes Steinchen, bemerkt Veränderungen an der Beschaffenheit des Erdbodens. Ihr könnt spüren, was unter Euch ist.

Ich werde von allen schief angeschaut, weil ich seit Jahren barfuß gehe. Trotz fehlender finanzieller Mittel gibt es Anlaufstellen für Menschen wie mich.

Vielfach war ich in der ›Kleiderkammer‹ und durfte mir Hose, Hemd und Jacke aussuchen. Eine komplette Ausrüstung.

Tolle Sache, diese Einrichtung.

Schuhe lehnte ich strikt ab zum Unverständnis der ehrenamtlich Tätigen. Aus

Fürsorge rieten mir alle, ich müsste was an die Füße bekommen, woraufhin ich Treter mitgenommen habe.

Kaum aus dem Gebäude zog ich sie aus, fühlte mich gefangen wie in meinen dunkelsten Zeiten und schenkte sie einem ›Straßenbruder‹, den ich im Park traf. Er freute sich riesig, ich noch viel mehr«.

Lennart beginnt zu lächeln, als er uns von seiner Befreiung berichtet, die ich noch nicht verstehe.

»Frierst Du nicht ohne Fußwärmer? Ich kenne niemanden, der ohne Schuhe unterwegs ist«.

»Ich bin anders, Mo. Schau Dir meine Füße genauer an«.

Nah rücke ich zu ihm und gucke erstmals auf diese Dinger, die ihn durchs Leben bringen.

Völlig anders sehen sie aus als bei unseren Frauchen. Verformt, dunkel und eine Haut wie Leder.

»Geschockt?«, unterbricht er meine Inspizierung.

»Ich beherrsche es über Glasscherben zu laufen, ohne mich zu verletzen«.

»Wärst Du gern ein Hund?«, will Eddy wissen.

»Herrje nein. Mir reichen zwei Füße. Ihr seid die besseren Menschen, ohne Frage. Davon abgesehen könnt Ihr Euch nicht wehren, wenn jeder meint, dass ein Hund permanent gestreichelt werden muss. Beobachten konnte ich viel, wenn ich von einer Parkbank zur nächsten umzog. ›Oh, ist der süß‹ hörte ich regelhaft, wenn Spaziergänger auf einen Hund trafen, sich prompt bückten und mit ihren ›Grabbeldingern‹ über seinen Kopf streichelten. Leid tut Ihr mir, weil Euch das Recht entzogen wird, sich nicht ständig berühren lassen zu müssen. Man muss wählen dürfen, wer einem nah kommt. Ich liebe Euch Hunde, aber mitunter tut Ihr mir leid«.

Endlich bringt es jemand auf den Punkt. Mich stört das, was er beschreibt.

Trotz allem wechsele ich das Thema.

»Seit wann hast Du Schuhe abgelegt und abgelehnt?«

Lennart seufzt und erzählt uns von den Haftbedingungen. Während der grausamen Zeit habe er noch welche getragen, aber nichts mehr gespürt. Sein Körper sei gezeichnet gewesen. Einmal habe ihm jemand, wie erwähnt, gedroht, ihm die Füße abzuhacken. Wenn es sich auch um eine leere Warnung gehandelt habe, die Angst sei geblieben. Morgens wache er mit ihr auf.

»Sie tragen einen durchs Leben, nicht im Detail wertgeschätzt. Dass ich sie heute noch unten am Körper habe, ist das Wichtigste, was mir geblieben ist. Ich will sie aller Welt zeigen und mahnen, dass jeder gut zu ihnen sein muss. Den Boden unter den Füßen zu verlieren - zigmal mein Leben bestimmend - will ich kein weiteres Mal erleben. Durch die Schwielen spüre ich nicht mehr jeden Stein, aber den Grund, der mit Halt gibt. Schaut mal, ich besitze längere Krallen als Ihr«.

Sein breites Grinsen und das Entgegen-strecken seiner Füße in unsere Richtung lenken nicht ab von dem, was sich in mir abspielt.

Ich beginne, diesen Mann zu verstehen.

Ein Leben in Angst, die körperliche Unversehrtheit werde ihm genommen, muss extrem quälen.

Von Beginn an habe ich richtig gelegen.

Er ist keiner dieser typischen Alkoholiker, ohne dass ich es böse meine, wenn ich sie derart bezeichne.

Manche saufen, bis sie alles verlieren, zumindest habe ich von solchen gehört. Spontan fallen mir die drei aus dem Obdachlosenheim ein, die ich zu dieser Kategorie zähle.

Weit entfernt bin ich davon zu hinterfragen, ob sie ebenfalls durch schlimme Geschichten in ihre Lage gekommen sind. Sie haben nicht diese Herzenswärme, die ich bei Lennart gespürt habe, bereits beim ersten Aufeinandertreffen.

Gern würde ich wissen, wann das Betäuben durch Alkohol eingesetzt hat.

Wann begann sein Leben im Westen, unter welchen Umständen hat er ›rübergemacht‹ und lebte er sofort auf der Straße?

Als könnte er in meinen Kopf gucken, schildert er ungefragt seinen weiteren Weg.

Mia ohne Chance

*L*ennart habe jede noch so kleine Chance ergriffen, doch irgendwas in ihm sei irreparabel geschädigt gewesen.

»Ich habe nie über mein Leben gesprochen. Mit keinem. Ihr seid die Ersten, die erfahren, wie aus mir dieser verkrachte Typ geworden ist«.

Seine Stimme klingt permanent freudig und sein Auftreten wirkt selbstbewusst.

Würden ihn seine Tränen nicht verraten.

Mich bekümmert, welche Traurigkeit in ihm steckt.

Er legt die Wolldecke um Eddy und mich.

Warm weggesteckt folgen wir seiner Geschichte.

Er habe sich gefreut auf einen Neuanfang.

Diesen habe er im Westen für sich gesehen.

Neu anfangen, Gewesenes fernab vergessen und eine Familie gründen, das sei sein Plan gewesen.

In seiner Heimat habe er keine Möglichkeit für sich gesehen.

Nach den Psychiatrieaufenthalten und der langen Haftzeit hätte er in Dresden alles verloren, woran sein Herz gehangen habe. Seine langjährige Freundin habe sich getrennt, seine Eltern seien verstorben. Nicht einmal einen Abschied von ihnen sei genehmigt worden. Nach der Haftentlassung hätte er kein Zuhause mehr vorgefunden, die Wohnung der Eltern sei aufgelöst worden, seine Ex-Freundin habe mit einem neuen Freund zusammengelebt.

Ab in den Westen, eine andere Option gab es nicht.

Hier ankommend habe sich ihm tatsächlich eine Chance geboten, in ein neues Leben zu starten.

»Wisst Ihr, was es einem abverlangt, sein Leben auf null zu stellen? Ich mag Euch als

Versager vorkommen und Ihr liegt richtig. Ich habe es verbockt«.

»Wie meinst Du das?«, guckt Eddy zu ihm auf.

Es ist ein Aufgucken, dass nicht dem Größenunterschied geschuldet ist.

Hier sitzt ein Mann, dem alles genommen wurde. Als Versager sehen wir ihn längst nicht mehr.

»Behördlich wurde ich aufgefangen, bekam eine Einzimmerwohnung und die Möglichkeit, endlich zu schaffen. Ein Hilfsjob zwar, für mich dem ungeachtet ein Glücksgriff. Ich war im Dreischichtsystem in einem großen Werk tätig, hatte lose Bekanntschaften und lernte meine zweite und letzte Freundin am Arbeitsplatz kennen. Alle, wirklich alle arrangierten sich mit meinem Spleen, barfuß zu arbeiten und zu leben. Alles war schön...«.

Lennart beginnt hemmungslos zu weinen.

»Bis ich meinen besten Freund kennenlernte. Alkohol. Meiner Freundin entzog ich damit jeglichen Zugang zu mir. Dabei machte gerade sie mir es leicht. Wie oft fragte sie, was mir Schlimmes widerfahren sei. Sie wollte reden und es wäre der bessere Weg gewesen. Trotz meines Konsums hatte sie mit mir einen gemeinsamen Hausstand gegründet. Als ihr Kinderwunsch drängender wurde, machte ich komplett dicht. Nicht nur, dass ich kein Vertrauen hatte, in diese Welt ein Kind zu setzen, das eventuell ähnlich Schreckliches durchmachen müsste. Ich hatte mehr und mehr eine Abneigung entwickelt, körperliche Nähe zuzulassen. Mein Körper gehörte nur noch mir und dem ›Scheißzeug in den Flaschen‹. Irgendwann verinnerlichte ich das Gefühl, ohne zu trinken, bekäme ich die Bilder nicht mehr aus dem Kopf. Meine Freundin flehte, in eine Klinik zu gehen. Woher sollte sie wissen, dass ich niemals aushalten könnte, noch einmal in einer Psychiatrie gefangen zu sein? Mein Abstieg begann zum zweiten Mal. Wiederholte Abmahnungen am Arbeitsplatz durch Alkoholisierung führten zur unabwendbaren Kündigung. Statt den Hintern hochzukriegen, dankbar anzunehmen, dass die Frau an meiner Seite selbst da noch hinter mir stand und zu begreifen, dass mein bester Freund verlogen ist und mir alles nehmen wird, steigerte ich mich in ein bodenloses Fallen hinein. Tagsüber das Bett zu verlassen, darin sah ich keinen Sinn. Um Bier zu holen, dafür stand ich auf und das bereits ab sieben Uhr morgens, als meine Freundin zum Dienst fahren musste«.

Mich erschüttert, was wir hören.

»Wie hielt es Deine Freundin aus, dass Du Dich dem Leben entziehst?«

Lennart muss tief Luft holen.

»Irgendwann gar nicht mehr. Dabei hatte ich in ihr den perfekten Menschen gefunden. Nie machte sie mir Vorwürfe und gab mir trotz der Distanz, die ich zu ihr aufbaute, ein Gefühl von...«.

»Liebe?«, beendet Eddy das, was mir auf der Zunge liegt.

»Das ist der Punkt. Ich spürte keine Liebe in mir. Für niemanden und erst recht nicht für mich. Sie hätte es am meisten verdient. Ein Gefühl von Wärme wollte ich beschreiben. Sie war tatsächlich fähig, etwas wachzurütteln, tief in mir fühlte ich was, nur mich nicht mehr«.

Lennarts Tränen tun mir weh.

Er schaut zum Himmel und flüstert, dass sie ihm verzeihen möge, was geschah.

»Wann ich endgültig zerbrach, kann ich Euch nicht mit Bestimmtheit sagen. Für die meisten war ich der Außenseiter, ein komischer Kauz. Für Mia war ich der Größte. Selbst bei fehlender Zärtlichkeit, ein Eisklotz an ihrer Seite, ernannte sie mich zur Liebe ihres Lebens«.

»Wo lebt Mia? Ich bin mir sicher, dass man seine große Liebe nicht vergisst«, versuche ich Lennarts Leben und sein Herz zu retten.

»Ich trat diese Liebe mit Füßen, Mo, bis sie starb. Nicht Mia, ihre Gefühle für mich. Schuld war der Mensch in mir, der wenig von dem früheren Len besaß. Albträume, Flashbacks und Wiedererlebens-Symptome konnte ich einzig mit exzessivem Trinken bekämpfen, was zu einer drastischen Wesensveränderung führte. Meine Sensibilität verlierend entwickelte ich mich zum unaufhaltbaren Aggressionsakteur. Kam Mia müde von der Arbeit, fand sie keine Wohnung, sondern ein Schlachtfeld vor.

Schwieg ich vorher, wenn ich nicht reden konnte, schlug ich plötzlich zu.

Ich erhob die Hand nicht gegen sie, wenn auch das Ausrasten - ich warf Mobiliar um oder schlug mit der flachen Hand gegen die Wände - zu viel waren für ihre gesunde Seele.

Mitunter meldete sie sich auf der Arbeit krank, wenn ich derart außer Kontrolle geriet und sie nicht in den Schlaf fand.

Ich erinnere, als sei es gestern gewesen, wie sie eines Tages weinend meine Hand nahm und sich dafür entschuldigte, dass sie nicht mehr könne.

Habt Ihr zugehört?

Sie war es, die eine Entschuldigung aussprach.

Nicht einen Moment ihrer Liebe hatte ich verdient, nicht einen.

Auf meiner langen Liste, was ich vergessen müsste, stand sie mit einem Donnerschlag ganz weit oben.

Mein Leben auf der Straße war geebnet.

Ich schnappte mir einen Schlafsack und ging fort.

Weg von dem einzigen Menschen, der mich annahm, mit allen Schatten auf meiner Seele.

Gern hätte sie mir ein gemeinsames Foto als Erinnerung mitgegeben, doch es existierte keins. Ihr seht, wie kaputt ich als Mensch war und bin. Ich habe mit Menschen gebrochen. An der Tür fiel sie mir um den Hals, steckte mir Geld zu und wünschte mir Glück für alles, was auf mich warten würde«.

Eddy und ich schlucken.

Harte Brocken und unverdauliche Kost.

»Seitdem lebst Du als Alkoholiker auf der Straße?«. Mein Freund schafft es nicht durch die Blume zu fragen.

»Ich lebe nicht mehr. Mein Herz ist rein organisch zu stark zum Stehenbleiben. Ich wünschte, es wäre schwach, so gefühlsleer müsste es verkümmern«.

»Warum hast Du Dich noch nicht umgebracht?«

Eddy?

Langsam reicht es.

»Aus Angst, es nicht richtig anzustellen und in einem Psychiatrie-Bett fixiert und ausgeliefert zu erwachen«.

Lennart möchte plötzlich weg von seiner Vergangenheit, raus aus Dresden, zurück in das Loch, in das er seiner Meinung nach gehört.

»Meint Ihr, Ihr könnt heimfahren und mich noch einmal die lange Fahrt ertragen? Eure ›Mamas‹ würden mich zurücklassen, wenn Ihr meine Geschichten breittretet. Es wäre lieb, alles würde in Euch bleiben - als unser Geheimnis. Bitte«.

Beide merken wir, wie verzweifelt dieser Mann ist.

Heißt es nicht, dass Reden befreit? Merken kann man dies bei Lennart nicht.

Wir laufen vor zu unserem Auto und bitten um die schnelle Rücktour, betonend, dass es nicht an ihm liege, sondern wir uns hier nicht wohlfühlen.

»Er ist ein stahlharter Kerl mit weichem Kern. Wir wissen nicht, ob und wie wir diesem Mann helfen können«, wende ich mich überfordert an unsere Frauchen und winke, ohne eine Antwort abzuwarten den ›Hoffnungsmüden‹ zu uns heran.

Erleichtert nimmt er hinten Platz, öffnet ein Bier und lacht.

Es bleibt nicht sein einziger Konsum auf der Rückfahrt.

Statt Aggressivität merken wir Anlehnungs- bedürftigkeit, was mir zeigt, dass wir ein Stück weit sein Herz erreicht haben, wenn auch dieses ›Teufelszeug‹ zwischen uns steht.

Wanted

Wir stoßen an Grenzen, von deren Existenz wir nicht gewusst haben.

Wir können aus einem Obdachlosen keinen Schlossherrn machen, aus einem Alkoholiker niemanden, der nüchtern sein Leben liebt, selbst wenn er zum Lernen bereit und fähig wäre.

Wie soll Lennart - ohne spezifische Hilfe in Anspruch zu nehmen, - aus den Fängen seiner Traumata finden?

Pfötchen können viel, aber nicht alles erreichen.

Wichtig finden wir beide das Aufspüren dieser besonderen Mia.

Könnte sie ihm verzeihen, wenn sie von allem wüsste? Von dem, was zu seiner Veränderung führte?

»Haben die zwei eine Chance?«, stelle ich die Frage nicht nur mir.

»Ich weiß nicht, Mo. Viel muss passiert sein, dass sie sich verloren haben. Wie viel zu Bruch ging, tief drinnen, meine ich, wissen wir nicht. Es ist verdammt schwer, Risse zu kitten, die tief sind, dass keiner mehr nach dem anderen greifen kann«.

»Es wäre wichtig, dass er sich entschuldigt, Eddy. Erst dann wird es ihm möglich sein, sich zu verzeihen«.

Unsere Möglichkeiten, eine fremde Frau aufzuspüren, von der wir einzig den Vornamen kennen, schätzen wir als äußerst begrenzt ein.

Überlegungen in jegliche Richtungen bereiten Kopfschmerzen, bis die Entscheidung zu einer Plakat-Suche fällt.

Seit Stunden sitzen wir vor einem Papierblock, daneben liegen zig zerknüllte Fehlversuche.

»Er sprach viel von dem Park hier in der Nähe, und seine Unterkunft ist nicht weit entfernt. Mia und er werden hier gelebt

haben«, setze ich mühsam Bausteine zusammen, um den Radius einzugrenzen.

»Heißt nicht, dass sie die Stadt nicht längst
verlassen hat«.

»Schon Eddy. Irgendwas müssen wir
probieren. Wir hängen Kopien an umliegende
Bäume und Straßenlaternen. Kommt keine
Reaktion, organisieren wir etwas Neues, was
darüber hinausgeht«.

Dass wir Gefahr laufen, dass Lennart
ebenfalls die Aushänge entdeckt, nehmen wir
in Kauf.

Längst ist uns seine Ignoranz vertraut, auf
Menschen oder Menschengemachtes zu
achten.

Wanted

Wir suchen Dich, Mia.
Selbstlos hast Du Deinem ›Freund ohne
Schuhe‹ die Füße gewärmt.
Er benötigt dringend einen ›Herzwärmer‹, den
wir ihm nicht bieten können, obwohl Lennart
uns verdammt wichtig ist.

Wir durften von Eurer Liebe erfahren und dass er Dich zurückwünscht, um sich und Eure Gefühle zu reparieren.
Bitte melde Dich bei uns, damit sein Leben nicht bis zum letzten Atemzug sinnlos bleibt.

»Schreib die Handynummern von unseren ›Mamas‹ darunter«, stoße ich Eddy an, als er mich fragend anschaut.

»Dass er Mia zurückhaben will, das hat er mit keinem Wort gesagt«.

»Das hat man gemerkt«.

Widerwillig legt mein Buddy den Radierer zur Seite und fügt die Kontaktdaten hinzu.

Geht doch.

Los, es gibt viel zu tun.

Wie man Kopien zieht, habe ich beobachtet und die Seiten rattern durch.

Hundert reichen, denn wahrscheinlich lässt mich Eddy wieder schleppen.

Kein Baum, keine Laterne und keine Mauer bleiben verschont, als wir munter drauflos pinnen.

Zugegebenermaßen bringt es uns ins Schwitzen, je näher wir dem Obdachlosenheim kommen.

Was, wenn Lennart gerade jetzt hier lang-geht?

Wird er gerührt oder enttäuscht sein?

Empfindet er unsere Aktion als Vertrauensbruch?

Ein mulmiges Gefühl beschleicht meine Magengegend.

Es zu ignorieren ist Schwerstarbeit und weicht einer Erleichterung, als wir unerkannt das letzte Blatt befestigen.

Ab nach Hause und darauf warten, dass Mia sich meldet.

Sollten wir unsere Frauchen vorwarnen?

Damit würden wir unser Geheimnis verraten, das uns mit Lennart eng verbindet.

Wir entscheiden uns zum Schweigen, auch wenn hier beide genervt sind, weil wir ihnen bei jedem Handyklingeln die Dinger aus der Hand reißen.

Seit Tagen läuft das nicht anders, bis Resignation einsetzt.

»Wir müssen uns was anderes einfallen lassen«, stelle ich traurig fest.

Ich hoffe auf Eddys Ideenreichtum, der hier allerdings endet.

Auf einmal hören wir ein Telefonat unserer Frauchen.

»Welcher Radiosender? Das muss eine Verwechselung sein. Wir kennen keine Mia«.

»Sie haben sie gefunden?«, kreische ich dazwischen, woraufhin mich vier Augen fixieren.

»Moment, wir glauben, Sie sind richtig. Wir müssen hier was klären, können wir zurückrufen?«.

Sie notieren eine Nummer, beenden das Telefonat und wollen tatsächlich von uns wissen, ob wir ihnen was zu sagen hätten.

Eigens verursachte Ahnungslosigkeit, wenn sie seit Tagen ebenso blind durch die Straßen laufen wie Lennart.

Wir erfahren, dass ein namhafter Radiosender auf die Plakataktion aufmerksam geworden ist.

Die Moderatoren seien ergriffen gewesen, sodass sie einen medialen Aufruf über ihr Studio vorschlagen, mit einer höheren Reichweite.

»Wenn Ihr das für uns tun würdet«, bittet Eddy, dass sie den Vorschlag aufgreifen.

»Nicht so schnell. Ihr habt Euch das eingebrockt und mischt ständig das Revier der Menschen auf. Dann spricht nichts dagegen, dass ihr am Mikro den Aufruf startet. Ihr. Nicht wir«.

»Ich übernehme das« biete ich mich an, ohne zu zögern.

»Redegewandt wie ich bin, werde ich flüssig und herzerweichend Mia ansprechen«.

Eddy ist froh über jegliche Entpflichtung, begleitet mich aber ebenso wie unsere Frauchen zum großen Studio.

Nun weiß ich, was Lampenfieber bedeutet.

Mit zittrigen Knien stehe ich auf dem Studio-Boden, während mir eine freundliche Frau das Mikrofon direkt vor den Kopf stellt.

Drei, zwei, eins, Ansage.

»Ähm, Mia gesucht«, stottere ich drauflos.

»Noch mal. Ich suche Mia. Hurtig bitte«.

Endlich schaltet sich ein geübter Moderator über ein zweites Sprachrohr ein.

»Hey Leute, hier sitzt ein kleiner Shih Tzu, der mit seinem Westie-Freund eine Frau namens Mia sucht. Viel Mühe haben sich die beiden mit Plakaten gegeben, die nicht zum erhofften Erfolg führten. Sag mal, Mo, warum sucht Ihr sie?«.

Oh, er gibt für mein Empfinden viel zu schnell an mich ab.

»Mia?«, ändere ich meine Strategie.

»Du hast hier beim Radiosender den Hauptpreis gewonnen«.

Erstaunt bin ich, wie flüssig ich referieren kann, sobald andere die Verantwortung bekommen für alles, was passieren wird.

»Du kennst Lennart? Wir auch. Lach nicht, er trägt noch immer keine Schuhe. Hast Du sie ihm stibitzt? Bitte gib sie zurück, er friert. Du wirst denken, dass er nie gefroren hat. Stimmt, weil er Dich hatte. Zudem hat er sich verändert. Sein Herz ist heute erreichbar, wodurch er Temperaturunterschiede spürt, die ihn damals kaltließen.

Melde Dich bei Eddy und mir. Lennart sprach von Eurer großen Liebe, nun bist Du an der Reihe. Beim Sender melde Dich bitte ebenfalls, damit Du Deine Reise oder das Auto erhältst, was hier verlost wurde. Danke und tschüss«.

Vor Stolz platzend verstehe ich die Mienen der Umherstehenden nicht.

Ihr versaut mir meine gute Laune nicht.

Nicht heute.

Ich geh mal vor und lasse mich später feiern.

On Air

Hier ist was los.

Feiern wollte man mich nicht, zumindest verziehen wurde mir - was auch immer.

Rückblickend bewerte ich mein sicheres Auftreten im Studio nach dem holprigen Start als absolut gelungen.

Hin und wieder fallen noch Worte wie ›Auto‹ und ›Reise‹.

Bislang glaubte ich, dass Radiosender finanziell gut dastünden.

Wäre nicht das erste Mal, dass ein Gewinnspiel ausgelobt wird. Marketing oder wie es genannt wird, ist fundamental wichtig und durch mich hatten sie unter Garantie mehr Zuhörer als zuvor.

»Mama? Übernehmt Ihr die Kosten für den Hauptpreis? So viel kann es nicht sein«.

Ich habe sie auf dem falschen Fuß erwischt. Sonst beschützt sie mich vor allem Übel, zieht mich aus jeder Scheiße und tut alles, damit es mir an nichts fehlt.

Warum benennt sie es als mein Problem?

Hier handelt es sich um niemand Geringeren als meine ›Mama Perfekt‹, nicht um ›Mama Panik‹, falls Dir meine Biografie ›Krabumms‹ was sagt.

»Mo, Du musst lernen, dass es Grenzen gibt. Man kann nicht mit aller Gewalt seinen Kopf durchsetzen. Falls sich diese Mia überhaupt meldet, ist es an Dir richtigzustellen, dass der Hauptgewinn Lennart ist«.

Wenn verwirrt, dann komplett.

Wieso Lennart?

Er hat nichts zu tun mit meinem kleinen Spaßauftritt. Mir fehlten die Worte und ich erinnerte mich an ältere Ausstrahlungen, bei denen es um eine Tombola ging. Punkt. Mehr war es nicht.

Warum werde ich das Gefühl nicht los, richtig Mist gebaut zu haben?

Stets ist es meine Familie, auf die ich baue, wenn irgendeine Reparatur ansteht. Diesmal will ich alleine Pfote anlegen und mache mich auf zum Radiosender.

Überraschte Gesichter, als ich vor der Tür des Studios stehe.

Ein freudiges Hallo eines Moderators, den ich nicht kenne, befreit mein Herz, doch ohne Hilflosigkeit und Nervosität scheine ich funktionsunfähig.

»Ich bin…«.

Soll ich mich zu erkennen geben?

»Du bist Mo, der kleine Preisverteiler. Ich meine Dich mit klein, nicht den angepriesenen Gewinn«, lacht der Mann.

»Entschuldigung« ist zu wenig, was mir über die Lippen kommt. Am liebsten würde ich mich wegbeamen.

»Komm mal zu mir. Ich habe eine große Überraschung«.

»Nein, ich will nicht noch für Fehler belohnt werden«.

Das erste Mal spreche ich mit fester Stimme.

»Ich rede, ohne nachzudenken und möchte einmal in meinem Leben um Verzeihung bitten. Mir fehlt das Geld, um Euch zu unterstützen, das Versprechen auf den Gewinn einzuhalten«.

»Beruhige Dich, kleiner Mann. Einem Hund kann man ohnehin nicht in die Taschen fassen«.

Er schmunzelt und bittet mich herein.

Beim ersten Besuch beim Sender saß ich auf dem Boden, jetzt, auf seinem Schoß sehe ich erstmals dieses riesige Schaltpult. Dachte ich bisher, ›Radio-Wurschtel‹ sprechen nur in diese Mikros, begreife ich, was sie beherrschen müssen, um die Außenwelt zu erreichen. Beeindruckend.

»Dein Freund hat mit Dir für Mega-Quoten gesorgt. Viele riefen hier an, um mehr über Euch zu erfahren. Sprechende Hunde, bei denen Schicksalsbekämpfung im Vordergrund steht. Ungewöhnlich und bemerkenswert.

Magst Du mal?«, zeigt er auf das ›Sprechding‹ vor uns.

»Sag, nachdem ich aufhöre zu sprechen, was Du gern den Menschen näherbringen willst«.

»Ich habe Dich gewarnt. Ich sag, was mir in den Sinn kommt«.

»Unzensiert, ich bin nicht der Einzige, der das mittlerweile weiß«.

Locker sieht er es, hoffentlich bleibt das.

»Hallo, liebe Zuhörerinnen und Zuhörer. Euer Wunsch wurde erhört. Heute spazierte dieser unterhaltsame Shih Tzu hier rein und er möchte Eure Fragen beantworten. Ruft an, um die Welt mit seinen Augen zu sehen«.

Kaum hat er aufgehört zu reden, plappere ich drauflos, bis er mich stoppt.

»Noch nicht, Mo, erst nach der ersten Frage eines Zuhörers«.

»Du machst genauso viele Fehler wie ich. Wieso gibst Du mir die Anweisung zu reden, sobald Du aufhörst, um mich jetzt anzuhalten? Warten ist nicht meine Stärke, und um Rede und Antwort zu stehen, müsste ich viel mehr ausgefressen haben«.

»Menschen machen Fehler, enttäuscht Dich das? Oh, der erste Anruf«.

»Hallo Mo. Ich liebe Hunde und besitze einen. Er kann nicht sprechen. Wie machst Du das?«, will eine Jungenstimme von mir wissen.

»Hey. Ich vermute, dass Dein Hund normal ist. Irgendwann quälten mich dermaßen viele Dinge, die ich zu verstehen versuchte, was mir ohne menschliche Erklärungen nicht gelang. Woher sollen meine Frauchen wissen, was mich beschäftigt, wenn ich mich nicht mitteile? Mein Freund Eddy brachte mich mal auf die Palme, dass ich ihn anschreien wollte. Es entstanden die ersten Laute fernab von Kläffen und ›Fietschen‹. Mit viel Üben gelang es, mir die Sprache von Euch anzueignen. Wenn Deinem Hund das nicht gelingt, ruht er in sich und gibt sich zufrieden mit allem, was ihn auszeichnet. Grüße ihn lieb und alles Gute für Euch«.

Der Mann, auf dessen Schoss ich zum perfekten Co-Moderator mutiere, freut sich über das nicht mehr stillstehende Telefon.

Will der eine wissen, ob es der Wahrheit entspricht, dass ich Buddhist bin, interessiert einen anderen, warum ich nicht früher in Erscheinung getreten bin bei meinem Talent zu unterhalten?

Die nächste Neugierige.

»Hallo, Mo. Sag mal, warum bist Du ›ein Mini‹? Ich habe einen Schäferhund, der ist viel größer als Du«.

»Erst mal, warum stellt Ihr Euch nicht mit Namen vor? Meinen kennt Ihr auch«.

»Ich bin Swantje, meine Frage bleibt die gleiche«.

»Dein Hund ist höher, Swantje, das stimmt. Ist er wirklich größer? Zudem dachte ich, ich sei im Radio zu hören, nicht auf einem Bildschirm zu sehen«.

»Ich fand Dich prima bei Deinem Aufruf nach einer Mia, dass ich im Internet nach Shih Tzu guckte. Ihr seid klein und habt eine plattere Nase als andere Hunde. Warum?«.

»Damit ich sie besser überall hereinstecken kann«.

Ich laufe zur Höchstform auf.

Immer mehr Gefallen finde ich an meinem Job und wachse in die Aufgaben eines richtigen Moderators herein. Meine Familie wird es mir nicht glauben, wenn ich davon erzähle.

Bimmel, klingeldring.

»Hallo Mo, wann kommst Du nach Hause?«

Mir gefriert das Blut in den Adern als ich die Stimme von Eddy höre.

Schlagartig fühle ich mich des flüssigen Redens beraubt und gucke um Hilfe suchend zu meinem ›Schoßträger‹, der prompt übernimmt.

»Hallo, Eddy. Wir haben Dich vermisst. Die Menschen da draußen sind interessiert an Eurem ›Hilfs-Duo auf acht Pfoten‹ und Mo sich bereit erklärt, darüber zu berichten, was Euch auszeichnet. Im Übrigen tat er das, was bei vielen unserer Sorte verkümmert. Er hat sich für unüberlegte Worte bei mir entschuldigt«.

Eddy stimmt am anderen Ende der Leitung ein Lied an, was mich mitnimmt.

Mir laufen Tränen übers Gesicht und ich will nach Hause.

Jetzt. Zu meinem Eddy.

»Ich muss los«, schluchze ich.

Der Moderator streicht mir das Nasse um die Augen weg und beendet mit liebevollen Worten das noch laufende Telefonat.

»Eddy? Du hast ihn gleich unversehrt zurück. Ihr seid ein Team, für das mir gerade jedes Wort des Ausdruckes fehlt. Das gebe ich gern als ein Mensch zu, der davon lebt, die richtigen zu finden oder zu suchen. Kommt gemeinsam im Sender vorbei. Eine Show von Eddy und Mo würde nicht nur mir gefallen.

Liebe Leute, Ihr habt gehört, wie hier zwei Herzen nacheinander rufen. Ich muss Mo erlösen. Einen letzten Anrufer lassen wir noch durch, bevor der Süße hier in die Pfoten seines Freundes zurückfindet«.

Gut, einen Anruf schaffe ich noch, obwohl ich am liebsten sofort losrennen würde zu meinem Herzensbruder.

»Ich bin es«, hören wir eine leise Frauen-
stimme. »Ich bin Mia und kenne Lennart«.

Mir bleibt beinahe das Herz stehen.
»Mia?«, frage ich ungläubig nach. »DIE
Mia? Der Grund, warum ich hier sitze?«.

»Tagelang habe ich mit mir gekämpft und
bereue, dass ich mich nicht erwehren konnte
zu erfahren, was ich für Euch tun kann. Ich
möchte Lennart nicht unbedingt wiedersehen,
hoffe aber, dass es ihm gut geht. Was wollt
Ihr von mir?«.

»Erst einmal Dir sagen, dass ich kein Geld
habe, Dir Deine Reise zu finanzieren oder um
Deinen Fuhrpark zu erweitern«.
Am anderen Ende ein herzhaftes Lachen.

»Sag nur? Und wenn ich auf meinen
Hauptgewinn bestehe?«.

»Dann kriegst Du Lennarts Herz, viel wertvoller als alles andere«.

Peng.

»Hat sie aufgelegt?«, wende ich mich verzweifelt an den sympathischen Veranstalter.

»Leider. Man darf niemanden zwingen, Mo. Sie macht deutlich, was und wen sie nicht will«.

»Aber sie hat hier angerufen. Es wirkte nicht, als hätte sie das mit dem Hauptgewinn geglaubt«.

»Das wundert mich auch«.

Ich zeige auf das Display, auf dem die Telefonnummer angezeigt wurde.

»Zurückverfolgen? Ihr habt Möglichkeiten herauszufinden, von wo aus sie sich gemeldet hat«.

»Dir kann man nichts vormachen, oder?«.

Als er mich zu Boden setzt, verspricht er mir sich zu melden, sobald er Näheres herausfindet und entlässt mich mit liebevollen

Begleitworten, damit ich zu Hause Ruhe finden kann.

›Scherbenmeer‹

Mein Radioauftritt sorgt noch für Furore. Viele Freunde unserer ›Mamas‹ schwärmen von dem Duett, als Eddys Herz auf meins traf.

Bis etwas geschieht.

Nicht nur Mia und zahlreiche Zuhörer haben am anderen Ende gesessen.

Aufgebracht schneit Ben ins Wohnzimmer, um uns zu erzählen, dass Lennart in der Fußgängerpassage vor einem Dönerladen Radio hörte.

Schwer enttäuscht habe ihn mein Vertrauensmissbrauch. Als Ben ihm begegnet sei, habe er nachdenklich auf ihn gewirkt.

»Was hat er gesagt?«.

Ängstlich erwarte ich die befürchtete Antwort.

»Er wisse jetzt, dass er ebenso Hunden nicht vertrauen dürfe. Das, was für Mitmenschen gelte, weitet er zukünftig auf Euch aus«.

Traurig verschließe ich meine Ohren vor weiteren Ausführungen.

Ich bin zu weit gegangen, ohne Frage.

Gern würde ich Lennart erklären, aus welchem Grund wir nach Mia gesucht haben, doch dass er mir diese Chance einräumt ist nach allem unwahrscheinlich.

Rückgängig machen kann ich mein Handeln nicht und ein Weg zur menschlichen Schadensbegrenzung scheint weit entrückt.

»Ben? Vermittelst Du mir ein Treffen?«.

Dieser streichelt mir übers Fell und versucht mich aufzubauen, dass keiner uns was vorwerfen könne.

Beruhigen tut es mich nicht.

»Wir helfen Seelen. Habe ich mit meiner plumpen Art zwei erschüttert? Dass unüberlegtes Handeln zu meinen Charaktereigenschaften gehört, ist eine Erklärung, keine Entschuldigung. Ich muss ihn sprechen, heute noch«.

»Zurzeit ist er häufig am Marktplatz. Ich schaue, ob ich ihn erwische«.

Eddy schätzt die Intensität meines Leidensdruckes richtig ein und schlägt vor, dass wir alle dorthin laufen.

Schließlich sei die Suche auch seine Idee gewesen.

»Lasst uns keine Zeit verlieren«, bitte ich. »Was wäre ich für ein ›Pfötchen-Freund‹ für Lennart, wenn ich mir meiner Verantwortung nicht bewusst wäre? Eine Entschuldigung ist fällig, bevor ich der Grund bin, dass er sich was antut«.

Da sitzt er tatsächlich, mitten am Brunnen.

Dass alle um ihn herum einen großen Abstand halten, liegt nicht am Virus, davon bin ich überzeugt.

Alle Begleiter zurückhaltend flehe ich, als ginge es um mein Leben.

»Gönnt mir diesen einen Moment mit ihm«.

Nach zustimmendem Nicken renne ich los.

Als Lennart mich sieht, grinst er unerwartet und greift nach mir.

Weit oben auf den Steinen sitzend schaue ich ihm tief in die Augen.

»Erneut habe ich nicht nachgedacht«, sprudelt es aus mir heraus.

Selbst sein Zeigefinger vorm Mund, mit dem er mir ›pst‹ signalisiert, unterbricht mich nur kurz.

»Dein Vertrauen ist in den besten Pfötchen - absolut. Wir haben Mia bisher nicht persönlich gesprochen und sie weiß nichts von Deinen nicht verheilten Wunden. Du hast mir leidgetan bei den Schilderungen an Deinem Lieblingsplatz, dass ich glaubte, ein Wiedersehen könnte Dir helfen, bestimmte Dinge zu Ende zu bringen. Was denkt Mia über Dich bei dem kühlen Ende Eurer Liebe? Du bist anders, als sie Dich in Erinnerung hat.

Dieses ›Scherbenmeer‹ zusammenzuflicken, ich glaubte, dass es mit einem klärenden Gespräch möglich sein würde. Es tut mir leid, Lennart«.

Ich erkenne ihn in Umrissen durch den Schleier all meiner Tränen, von der nicht eine einzige überflüssig und gelogen ist.

Seine Hand streichelt die empfindliche Haut unter meinem Kinn.

»Ihr habt mit Ben gesprochen? Es ist meiner Unsicherheit zuzuschreiben, dass ich über- reagiert habe. Kein Grund zu weinen Mo.

Mit bereitete die Vorstellung Angst, Mia noch mal wiederzusehen. Damals war ich autark, hatte mein Leben zumindest äußerlich im Griff. Guck mich an. Was soll sie denken, mich in dieser Verfassung zu sehen? Dass es mir recht geschieht, endgültig abgestiegen zu sein? Nichts wäre schlimmer, als würde sie sich aus Mitleid anhören, was in meinem Leben grundlegend schiefgelaufen ist. Meinst Du, eine Entschuldigung ist leicht ausgesprochen? Ich habe ihr wehgetan und es ist schäbig, Verzeihung zu erwarten, damit ich mich besser fühle. Anschließend würde ich mich noch viel schlechter ertragen«.

Ich verstehe jedes seiner Worte.

»Das warst nicht Du, der geprügelt hat, Len. In Dir kämpft jemand um Vergeltung für alles Leid, das Dir zugefügt wurde. Du bist das Opfer und hast keine tragfähige Basis gefunden, andere nicht in das Geflecht miteinzubeziehen«.

»Was ist mit dem, das ich zugefügt habe?«

»Nicht Du, dabei bleibe ich«.

Minutenlang schauen wir auf das sprudelnde Wasser.

Ohne seine ausdrückliche Erlaubnis werde ich nichts mehr unternehmen, das verspreche ich.

»Sollte sich Mia noch einmal beim Sender melden, dürften Eddy und ich sie treffen?«

Der traurige Mann an meiner Seite nickt stumm.

Sein Zittern verrät die immense Anspannung, unter der er steht.

»Was von allem darf sie wissen?«

»Alles«. Lennart schluckt. »Verdammt war ich feige. Sie hatte von Beginn an ein Recht darauf, was ihr ermöglicht hätte, sich gegen ein Leben an meiner Seite zu entscheiden. Ich beraubte sie um vieles und schäme mich für mein Schweigen«.

»Wenn sie Dich sehen will?«

Ich rücke dicht an ihn heran.

»Das wird nicht passieren, glaub mir, Mo. Wenn sie schlau ist, hält sie sich fern von mir. Sagt Ihr, dass aus mir ein ›Obdilo‹ geworden ist«.

»›Obdilo‹?«

»Ob die (Vergangenheit mich) loslässt?«, findet Lennart zur alten ›Scherzkeks-Stärke‹ zurück.

»Du kreierst wie wir neue Worte«, schmunzle ich.

»›Obdalo‹ für obdachlos«, macht er weiter und ich setze einen drauf.

»›Miamise‹ für Mia mit Seele«.

»Oh, Du beschreibst sie als würdest Du sie persönlich kennen«.

In seinen Worten liegt viel Warmherzigkeit. Nein, dieser Mann ist lange noch nicht am Ende. Höchstens an dem eines dunklen Tunnels.

Den ersten Lichtstrahl erkenne ich und mit meinem Freund werde ich alles bewegen, um ihm die Augen dafür zu öffnen.

Hüllenlos

Die Rückverfolgung einer Telefonnummer ist die beste Erfindung ever.

Zumindest wissen wir, dass Mia in der gleichen Stadt lebt. Ob sie Lennart mal über den Weg gelaufen ist und ihn nicht erkannt hat?

Gestern am Brunnen durften wir ein Handyfoto von ihm schießen, um es Mia zu zeigen, sollten wir sie aufspüren.

Ohnehin war es noch ein netter Nachmittag, als alle anderen zu ihm und mir stießen und richtig einschätzten, dass Len mir verziehen hat.

Was für eine Freude, als sich einen Tag später eine Mitarbeiterin des örtlichen Radiosenders bei unseren Frauchen meldet.

Wir besitzen die Adresse, doch wie wird sie auf uns reagieren?

Dankbar nehmen wir das Angebot an, dass wir erst einmal zu Hause bleiben, während Ben und unsere ›Mamas‹ Mia aufsuchen.

Versprochen wird uns nichts, außer ein absolutes Bemühen, die Bereitschaft zu wecken, dass sie sich mit uns trifft.

Die Erwachsenen wirken überfordert und ratlos bei ihrem Aufbruch.

»Eddy? Meinst Du, sie stimmt einem Treffen zu?«.

»Keine Ahnung. Wie würdest Du an ihrer Stelle reagieren?«.

»Definitiv mir anhören, was er zu sagen hat, Lennarts traurige Geschichte in Einklang bringen mit dem, was in ihrer Beziehung zwischen ihnen stand und ihm um den Hals fallen. Verzeihen würde ich sofort«.

»Wirklich?«

»Ich weiß nicht«.

Wenn wir resignieren, dann steht der eine dem anderen in nichts nach.

Kaum auszuhalten ist diese Warterei. Wie gelingt es anderen Geduld aufzubringen, wenn es um Dinge geht, die ein ganzes Leben verändern könnten?

Der Schlüssel, der ins Türschloss gesteckt wird, reißt uns aus den Gedanken und voller freudiger Erwartung rennen wir denen entgegen, die uns hoffentlich gute Nachrichten übermitteln.

Ihren Gesichtern nach zu urteilen stürzt unser Kartenhaus gerade ein.

»Hallo, Ihr Süßen«.

Bens Versuch, von dem abzulenken, was wir nicht hören wollen?

Sicher haben sie sich im Auto abgesprochen, wer diesmal der Überbringer von schlechten Nachrichten sein würde.

»Warum lange um den heißen Brei reden? Mia ist eine bemerkenswerte Frau, offen und herzlich. Hingegen macht sie ebenso dicht wie Lennart, sobald es um die gemeinsame Zeit geht. Was Dich interessieren dürfte, Mo. Sie ist nicht böse wegen Deines öffentlichen Aufrufs und hat das abrupte Auflegen bereut. Du kannst nichts für all das, was gewesen ist«.

Ben streichelt mein Fell.

Schlau werden wir aus dem Gesagten nicht.

»Gibt sie Lennart die Chance zu einem Gespräch?«.

Eddy kann nicht abwarten, mehr zu erwarten.

Unsere ›Mamas‹ kommen näher und wir erfahren, dass Mia sich das Foto auf dem Handy angesehen hat.

Versteinert sei sie keineswegs. Trotz des seinerzeitigen Verhaltens ihres Ex-Partners habe sie sich jegliche Gefühle bewahrt.

Erschüttert von dem Anblick weinte sie hemmungslos und konnte nicht begreifen, wie tief er gesunken sei.

»Wir scheiterten natürlich, ihr zu erklären, was dazu geführt habe, weil wir genauso wenig die Gründe kennen. Selbst, wenn wir wollten, wir können Euch nicht weiterhelfen, weil uns das Geheimnis, welches Ihr mit Lennart teilt, ebenfalls unbekannt ist«.

»War jetzt alles umsonst?«, frage ich traurig in die Runde.

»Alle Überlegungen, die ganzen Bemühungen, unsere Herzbeteiligung?«.

»Nein, Mo. Nur waren wir uns mit Mia einig, dass Ihr die Einzigen seid, die offene Fragen beantworten könnt. Alles andere wäre spekulativ und unfair. Ihr dürft nicht mit der Erwartung auf sie treffen, dass sie ihm alles verzeiht. Fakt ist, dass er sie verletzt hat, vermutlich mehr noch als Lennart Euch anvertraut hat. Das wie ein Puzzle zusammenzusetzen, von dem Wunsch müsst Ihr Euch verabschieden«.

Zugegeben, gern hätte ich was Gegenteiliges gehört.

Da gibt es zwei Menschen, die sich geliebt haben.

Wir haben in unseren Pfötchen diese Gefühle zu reaktivieren oder nicht?

Hindernisse haben in der Gefühlswelt nichts verloren. Menschen bleiben in meinen Augen megakompliziert.

»Ich verabschiede überhaupt nichts. Sie soll auf den Lennart treffen, der tief in ihm steckt. Für seinen äußeren Schutzpanzer gibt es zahlreiche Erklärungen. Sie muss sein Herz finden«.

»Sehe ich genauso«, pflichtet Eddy mir bei. »Hüllenlos muss sie ihn kennenlernen. Es gibt etwas in ihm, das pumpt und ihn am Leben hält, verwundet, aber nicht abgestorben. Alles werden wir dafür tun, dass beide zueinanderfinden. Zu spät? Gibt es nicht. Nicht im Repertoire von Mo und mir«.

Selbstbewusst tritt mein ›weißer Krieger‹ auf und steht für das ein, was uns am Herzen liegt.

Begegnung

Mia trifft sich mit uns zwei Tage später. Sie war es, die bei unseren ›Mamas‹ angerufen und gebeten hat, endlich die beiden kennenlernen zu dürfen, die für viel Wirbel sorgten.

Ob es eine gute Idee ist, dass sie zu uns nach Hause kommt?

Wir befürchten, dass sich die Großen ein-mischen, sollte das Gespräch in eine Richtung gehen, die dem einen oder anderen missfällt.

»Ihr müsst das Haus verlassen. Mia dürfen wir Geheimnisse verraten. Hört Ihr alles mit an, verraten wir Lennart schon wieder. Ich sehe gedanklich Ben um die Ecke flitzen, der zu allem genügend beitragen würde bei den Erlebnissen im Obdachlosenheim. Es geht nach hinten los« beginne ich panisch zu werden.

»Beruhig Dich, Mo. Weder Ben noch wir sind zugegen. Jeder wäre heute zu viel. Jonna geht zum Fallschirmspringen und wir drei begleiten sie - natürlich als Zuschauer«.

Mich beeindruckt immer von Neuem, auf wie viel Verständnis wir stoßen.

Als Plan gilt es abzuwarten, bis Mia kommt.

Sie wird von Menschenhand hineingelassen und soll eine Nachricht schicken, wann sie uns und das Haus verlässt.

Entsprechend sei es im Vorfeld besprochen worden.

»Schweres habt Ihr vor und in Gedanken sind wir die ganze Zeit dicht hinter Euch. Bitte nehmt es nicht zu schwer, sollte das Gespräch anders als erwartet verlaufen. Das Leben schreibt eigene Gesetze - entgegen denen von Euch, die einer heileren Welt entsprechen würden. Ihr scheitert nicht. Nie.

Was Ihr bis jetzt erreicht habt, ist eine besondere Erwähnung wert«.

Das Kuscheln tut gut bei der Zerrissenheit, die ich momentan spüre.

Wollen wir Unmögliches?

Versuchen wir uns an etwas, das von vorn-
herein zur Niederlage verurteilt ist? Spontan
hege ich ernste Zweifel.

Zäumen wir das Pferd von hinten auf?

Mit diesem Satz konnte ich nie was anfangen. Jetzt habe ich einen Gaul vor Augen.

Hinten am Schweif sehe ich bildlich die
Inhaftierung von Len.

Vorn ist sein Wohnstatus.

Würde es mehr Sinn machen, ihm tragfähige
Perspektiven aufzuzeigen, wie er Wohnung
und Arbeit finden könnte?

Er trinkt und wird beileibe nie mehr eine
Psychiatrie betreten.

Als Alkoholiker neu anzufangen, ohne sich
helfen zu lassen? Undenkbar.

Ich schaue zu unseren Liebsten hoch.

»Ich schaffe nicht, mit Mia zu sprechen«.

Zeitgleich klingelt es an der Tür und ich
erschrecke, dass es kein Zurück gibt.

Eddy knabbert an meinem Ohr.

»Hab keine Angst. Alles wird gut. Wenn Du
blockiert bist, bin ich noch da«.

Da steht sie.

Völlig anders habe ich sie mir vorgestellt, nicht so jung und hübsch.

Wahrscheinlich, weil ich Lennart keine Frau wie Mia zugetraut habe.

Ob auch er attraktiv war?

Kürzlich haben wir gesehen, wie schnell Ben zu einem ›Hingucker‹ wurde.

Wir wissen nicht einmal, wie alt Len ist. Voralterung ist bei seinen Lebensumständen nicht selten.

»Bist Du Mo?«, bückt sich die Schöne zu mir.

Ich bekomme kein Wort heraus.

»Im Radio warst Du gesprächiger«.

»Du bist mir zu groß«. Sinnloser geht es nicht.

»Ich bin Eddy«, streckt mein Freund ihr seine Pfote hin, die sie sanft drückt.

»Das ist mein Mo«, deutet er zu mir. »Er ist nicht immer so still, aber wird nicht gleich mit jedem warm. Komm, wir gehen auf die Terrasse«.

Unsere Frauchen verabschieden sich und am liebsten würde ich mit zum Fallschirmsprung von Jonna.

Eddy alleine lassen?

Um nichts auf der Welt.

Mia könnte sich von vielen schönen Plätzen draußen den herrlichsten auswählen, doch setzt sie sich direkt auf unsere Kuscheloase.

»Ich liebe Hunde«, klopft sie auf die freien Stellen neben sich, einladend und irgendwie Schutz suchend.

Aufgeregt wie ich ist sie, was mir Mut macht.

»Eure Frauchen«, beginnt sie...

»›Mamas‹«, korrigiere ich. In bestimmten Situationen brauche ich die wärmende

Beschreibung der Menschen, denen ich bedingungslos vertraue.

»Eure ›Mamas‹«, fängt sie noch mal an, »haben mir von Lennart ein Foto gezeigt. Schaue ich Euch an, brennt mir die Frage auf der Zunge, wie zwei kleine Hunde sich an jemanden wie ihn herantrauen«.

Jetzt laufe ich zu Hochtouren auf.

»Was heißt an so jemanden? Wenn Du hier bist, um ihn schlechtzumachen, kannst du gleich verschwinden«.

Erschrockener Gesichtsausdruck trifft auf angriffslustigen Shih Tzu.

Ich lasse nicht zu, dass er abgewertet wird, ohne sich wehren zu können.

»Nie würde ich das tun, Mo. Nie. Er besaß mein Herz und manchmal werde ich das Gefühl nicht los, dass er es mir nicht zurückgegeben hat«.

Mias Augen füllen sich mit Tränen.

»Er war die größte Liebe meines Lebens«, schluckt sie.

»Ist uns bekannt«, schiebt Eddy ihr ein Taschentuch entgegen. »Du seine«.

Was wir hören, nimmt uns auf eine Achterbahn der Gefühle mit.

Als sie ihn kennengelernt habe, sei er ihr erster fester Freund gewesen. Sich als ›Spätzünder‹ erlebend habe sie verdammt spät Interesse am anderen Geschlecht entwickelt.

Manchmal habe sie geglaubt, nie auf jemanden zu treffen, der sie erreichen könnte, sodass sie dafür ihr Singledasein voller Überzeugung aufgibt.

»Ich hatte gerade zu studieren begonnen, der Start ins Erwachsenenleben. Um mich zu finanzieren, jobbte ich in einer Firma, in der viele Männer gearbeitet haben. Meine Eltern scherzten, dass ich dort fündig werde. Versteht mich nicht falsch, meine Ansprüche waren nicht überhöht und die Kollegen alle nett, aber eben nicht mehr. Eines Tages trat ich meinen Dienst an, als mir ein neuer Mitarbeiter vorgestellt wurde, mit dem ich zusammen ein Team bilden sollte. Als ich in seine Augen sah, erlebte ich erstmals dieses ›Kribbeln im Bauch‹. Ich kannte es nur vom Hörensagen. Lennart weckte was in mir, von dem ich glaubte, dass es bei mir nicht vorhanden sei. Schnell wurde Liebe daraus und ich glaubte, der glücklichste Mensch auf dieser Erde zu sein. Die Sticheleien vieler, weil Lennart anders lebte, prallten an mir ab. Er trug keine Schuhe, na und? Warum er zusammenzuckte, immer dann, wenn ich ihn von hinten umarmen wollte, kann ich mir bis heute nicht erklären. Überhaupt gab es gravierende Unterschiede zu dem Verhalten anderer Männer. Regelrecht bedrängt fühlte er sich, wenn wir abends zusammen im Bett lagen. Bestimmte Fernsehsendungen, die mein Interesse weckten, schaltete er weg. Meine Gefühle waren stark genug, alles zu tolerieren, weil ich glaubte, es würde sich ändern. Tat es auch, doch statt besser wurde es unerträglich. Ich mache den Alkohol verantwortlich, der ihn mehr und mehr veränderte. Wir wohnten zusammen und waren ebenfalls auf der Arbeit nie getrennt. Irgendwann wurde er meiner überdrüssig. Ich glaube, ich war ihm zu viel«.

Wir merken, wie sie bedrückt, die Schuld bei sich zu suchen, was Eddy nicht stehenlassen kann.

»Mia, Du liegst völlig falsch. Er verzeiht sich bis heute nicht, was er Dir angetan hat«.

»Was wisst Ihr über ihn?«.

»Wir kennen die Gründe für seinen Alkoholismus und die Unnahbarkeit, mit der er Dich verletzte. Auch, dass er seinen Job verloren und oft geschlagen hat. Der Tag Eurer Trennung war unabwendbar«.

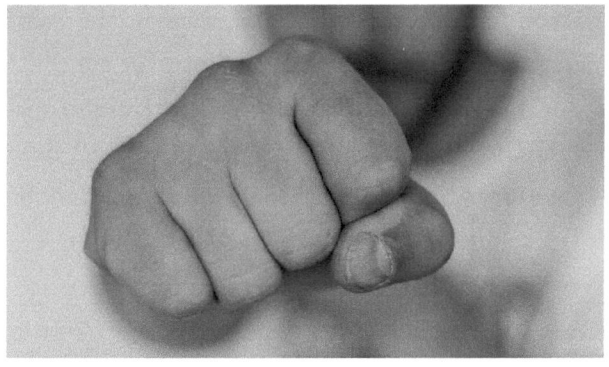

»Seine Schläge?«.

Mia holt tief Luft.

»Mit jedem traf er eins meiner tiefen Gefühle. Diese Knallgeräusche erinnere ich täglich. Das Schlimme war, dass ich den Eindruck nicht abschütteln konnte, dass diese ihn viel mehr als mich noch verletzten«.

Erschütternde Beichte einer zwischenmenschlichen Tragödie beschreibt zusammengefasst, was wir erfahren, obwohl wir im Vorfeld davon wussten.

Lennart hatte nicht übertrieben und sich als denjenigen dargestellt, der als brutaler Täter jemanden systematisch zerstörte.

Jahrelang habe sie zu ihm und hinter ihm gestanden, selbst als ihre Eltern ihr vorgehalten hätten, dass er nicht gut für sie sei.

Als ihr geliebter Vater an einem Herzinfarkt gestorben sei, habe Lennart sie bei dem schweren Abschied nicht unterstützen können.

Ich schlucke und kriege kaum noch Luft.

»Was hat er getan?«.

»Ach, Mo. Das ist es ja. Nichts. Wieder einmal nichts. Ich habe akzeptiert, dass er nicht mit zum Friedhof gehen wollte, während ich mich bereit machen musste für den ersten schweren Gang in meinem Leben. Ich stand im Bad vorm Spiegel, als Lennart mich fragte, wann ich fertig sein würde. Ich glaubte, dass er einem Bedürfnis nachgehen müsse und ließ ihn herein. Dann klickte das Schloss von innen und ich hatte - wieder einmal - keinen Zugang zu ihm. Durchs Schlüsselloch sah ich, wie er dasaß, auf dem heruntergeklappten Toilettendeckel.

Er wirkte kraftlos und weinte wie ich anschließend.

Nicht nur um meinen Vater, sondern auch um Lennart, weil ich spürte, dass etwas mit ihm nicht stimmt.

Er verließ seinen Rückzugsort nicht mehr und ich ging - mich einsam und verlassen fühlend wie er - alleine zum Friedhof, um meiner Mama beizustehen.

»Lennart hat das nicht absichtlich gemacht«, weiß Eddy.

»Er kann sich nicht helfen und verzweifelt schier daran, es bei anderen zu versuchen, die ihm wichtig sind. Wir haben diese Erfahrung auch gemacht«.

»Ich habe diesen Mann nie schuldig gesprochen, weil ich ihn mehr geliebt habe als mein eigenes Leben, Eddy. In keinem Moment«.

Mia berichtet, dass sie mit dem Verlust ihres Vaters in Lennart den einzigen Mann ihres Lebens gesehen habe.

Ihr Studium abbrechend, um Geld für beide zu verdienen, habe sie lange nicht gewusst, wohin ihr Weg führen würde.

Zwei Jobs habe sie innegehabt, den in der vorigen Firma und einen bei einer Spedition.

Bis die Vorwürfe von Lennart, sie würde zu Hause zu wenig erledigen, sich häuften. Jeden Abend nach anstrengenden Stunden habe sie quälende Feierabende erlebt.

Die Wohnung habe sich in einem katastrophalen Zustand befunden, bis die Nachbarn sie im Treppenhaus angesprochen hätten.

Immer wieder habe sie Lennart in Schutz genommen, ohne überhaupt zu wissen, was mit ihm los gewesen sei.

Nach jeder noch so kleinen Annäherung von seiner Seite, die ihr viel bedeutet habe, sei er auf Abstand gegangen.

Der Alkohol habe eine immer größere Bedeutung in seinem Leben eingenommen.

An manchen Tagen habe sie die Pfandflaschen auf mehrere Supermärkte verteilt, um nicht negativ aufzufallen.

Lennart habe die Wohnung nicht mehr verlassen. Schlimmer noch, das Bett sei sein Lieblingsplatz geworden. Stundenlang habe er an die Decke gestarrt und ihr auf nichts geantwortet.

»Dann machte ich einen großen Fehler«.

»Ich glaube nicht, was ich höre«, schüttele ich den Kopf.

»Du sprichst von einem Fehler, obwohl er es war, der aus der Reihe seiner nicht herausfand? Hast Du ihn noch geliebt?«

»Sehr, Mo. Mehr als alles andere. Ich hatte einen großen Teil meiner Familie verloren und wünschte mir sehnlichst meine eigene. Es war falsch«.

Mia steht auf und läuft in den Garten.

Ihre Tränen tun weh.

»Du?«, versuche ich das letzte Stück Ehre von Lennart hochzuhalten.

»Er konnte keine gründen. Nicht, weil er nicht gewollt habe. Ich würde Dir gern erklären, was ihm widerfahren ist und ihn zerstörte. Er verlor jegliches Gefühl für sich«.

Mia dreht sich um zu mir.

»Was ihm auch passiert ist, Mo, ich war immer da für ihn. Er hätte mit mir reden können und müssen. Hat er Euch erzählt, was zur Trennung geführt hat?«.

Eddy springt auf uns zu.

»Seine Wutausbrüche, die unkontrollierbar wurden. Er schämt sich dafür«.

»Ich ertrug sein Saufen und nahm die Schläge in Kauf, um ihn nicht zu verlieren. Glaubt Ihr, das sei der Grund für den endgültigen Bruch zwischen uns gewesen? Man gewöhnt sich an ein derartiges Leben nicht. Wer was anderes sagt, lügt. Doch war ich naiv zu glauben, es würde sich alles ändern, wenn er zu reden beginnt. Doch er schwieg. Er schwieg, schwieg und schwieg«.

Mia setzt sich ins Gras und rupft Halme heraus, mit denen sie spielt.

»Ich war unerfahren und träumte von der großen Liebe. Lennart war der Mann, mit dem ich ›mein erstes Mal‹ erleben und mit dem ich alt werden wollte. Wenn Ihr es auch nicht versteht, ich liebte ihn, wie er war. Wir teilten ein Bett, doch nicht in der Form, wie ich es von Liebenden geglaubt habe. Jeder blieb auf seiner Seite mit kurzen Unterbrechungen, wenn er an mich heranrückte und mich umarmte. Nach jedem Gutenachtkuss schlief er sofort ein, während ich wach lag. Er fühlte sich von mir nicht angezogen, obwohl er mir in einem Gespräch von einer früheren Freundin berichtete. Ich bezog auf mich, ihm nicht geben zu können, wonach er sich sehnte und suchte immer mehr nach den Gründen dafür«.

»Hast Du ihn nie nach welchen gefragt?«, will Eddy wissen.

»Immer wieder. Dann nahm er mich in den Arm. Es wirkte fern von einem Bedürfnis, eher wie eine Entschuldigung, als würde ein Bruder seine Schwester trösten oder umgekehrt. Bis er sich aus der Umklammerung löste, sobald ein Kuss von mir drängender wurde. Jahrelang verlief kein Abend anders. Bekniet habe ich ihn, sich in Behandlung zu begeben, woraufhin er Heulkrämpfe bekam und ausrastete, bis er zuschlug. Ohne Worte, als könnte er nicht sprechen.

Meine Grübeleien endeten am Zeitpunkt, an dem ich glaubte, einzig ein gemeinsames Kind könnte unsere Beziehung kitten, die allmählich Risse bekam. Abgeneigt schien er zuerst nicht, eher nachdenklich. Mich machte glücklich, dass er scheinbar in Betracht zog, bei mir zu bleiben, mich zu heiraten und als Familie das Glück zu finden, von dem ich nach wie vor träumte«.

Wenn ich das alles höre, kommt es mir vor, als würde es hier nicht um Lennart gehen.

Ist das ein und dieselbe Person, über die wir sprechen?

Er ist anders als jeder der drei aus der inhaftierten Prügelvereinigung.

Uns hat er gestreichelt, geliebkost und konnte zeigen, dass wir ihm wichtig sind.

Warum schaffte er es zu keinem Zeitpunkt bei der Frau, die sein Herz besaß?

»Mia? Wann ging es in eine andere Richtung?«

Sich zu sammeln verlangt ihr viel ab, als sie zum Trennungsgrund kommt.

»Ich erinnere diesen einen verdammten Abend wie heute. Gut gelaunt kam ich von einer Betriebsfeier nach Hause und fand Lennart sturzbetrunken im Flur liegen. Immer wieder schlug ich gegen seine Wangen, sicherlich auch aus Angst, er hätte sich tot-gesoffen. Er wurde wach und beschimpfte mich grundlos, dass ich verantwortlich sei, dass er sein Leben nicht in den Griff bekomme. Ich sei schlimmer als ›die‹, ›die‹ ihn nicht nur beinahe getötet hätten. Es machte mir große Angst.

Wen er damit meinte, ist mir bis heute ein Rätsel.

Er steigerte sich in Rage und ich ging ins Schlafzimmer, um ihm die Möglichkeit einzu-räumen, sich zu beruhigen. Auf einmal stand er vor mir, riss mir die Klamotten herunter und drückte mich aufs Bett. Diesen Ausdruck seiner Augen werde ich nie vergessen. Kein Hass, keine Wut.

Sie waren leer wie bei einem kleinen Jungen, der überhaupt nicht wusste, wie er dem gerecht werden soll, was andere von ihm erwarteten.

Und ich sollte der Grund sein?

Diese Nähe wollte ich nie.

Es kam nichts, nicht ein Stück von Lennart. Er war wie ein akkubetriebener Mann, dem eingegeben wurde, was er zu tun habe, um einer Frau zu geben, was ›üblich‹ war.

Innerlich gestorben bin ich an diesem Tag.

Erst recht bei seinen Worten, dass er mich nicht lieben könne. Wisst Ihr, wie ich mich gefühlt habe?

Rein körperlich hätte er mir an diesem Abend durch dieses Scheißgift in seinem Blut ohnehin nichts bieten können. Musste er aber das zerstören, was mir heilig war? Ich sah ihn als Mörder an meiner Seele und unserer Liebe.

Dieses Gefühl ist bis heute in Teilen geblieben«.

Kein Wort kommt Eddy oder mir über die Lippen, das Lennart von seiner Schuld und seinen Fehlern befreit.

Warum ist Mia überhaupt noch bereit, sich anzuhören, was wir von ihm zu erzählen haben?

Verdient jeder ein Verzeihen?

Nicht von dieser Frau, die viel ertragen musste.

Seine Traumata scheinen gerade keine Entschuldigung.

»Mia?«, stammelt Eddy leise.

»Du siehst uns fassungslos. Wir konnten das alles nicht wissen. Viel hat er uns anvertraut und ist weit von sich weggegangen. Ich glaube nicht, dass er keins Deiner Gefühle verdient hatte. Sein Herz ist bis heute verwundet. Für uns Hunde schwer nachzuvollziehen, warum man nicht ein Reparatursatz benutzen kann. Auch er hat ein Recht auf Rehabilitation, finde ich, ohne Dir zu nahe zu treten. Viel hast Du an seiner Seite durchgemacht, er nicht weniger in seinem Leben vor Dir«.

»Vielleicht würde mir helfen zu erfahren, was ihn zu so einem Menschen gemacht hat, Eddy. Eine Erklärung blieb er mir schuldig.

Bis heute leide ich unter Albträumen und bin beziehungsunfähig.

Wenigstens hatte ich einen Halt durch meine Mama, nachdem Lennart mit einem Schlaf-sack unsere gemeinsame Wohnung verließ«.

»Versteht Deine Mama Dich und Deine Gefühle, die Du einst für den Mann hattest, der von der Außenwelt dermaßen abgelehnt wurde?«

»Mehr, als mein Vater es konnte. Leider ist sie meinem Papa gefolgt; ihr Herz hat einfach aufgehört zu schlagen. Die Ehe der beiden mir wichtigsten Menschen ist ein Vorbild. Nach nichts anderem hatte ich gesucht. Ohne Glück«.

Mia bittet darum, dass wir ihr haarklein aus Lennarts Leben berichten.

Sie legt sich auf den Rücken und ich höre Eddy mich anflehen, ob ich das übernehmen könne.

Schwer wird mir fallen, die richtigen Worte zu finden.

Von ›dem Mann ohne Schuhe‹, der mich ›drollig‹ nennt und uns half und der ein hohes Maß an Unterstützung in jeglicher Hinsicht benötigt, damit wir sein Bild geraderücken.

Das Gefühl, er wurde durch die früh-kindlichen Erfahrungen und Entbehrungen um das Finden in die Erwachsenenrolle eines Mannes betrogen, dominiert.

Tief drin ist er Kind geblieben, und ich bleibe bei dem, was ich spüre.

Ein schlechter Mensch steckt nicht in ihm.

In sich gefangen

ddy zu enttäuschen, wäre einer Selbst-verletzung gleichzusetzen.

Warum fällt mir schwer durchdacht zu reden?

Verständlich wird es erst, wenn Mia so viel wie möglich aus der Vergangenheit ihres ehe-maligen Partners erfährt.

Ich schaue zu ihr, wie sie auf dem Rasen liegt. Zerbrechlich wirkt sie.

»Mia? Was interessiert Dich?«.

»Alles Mo«.

»Ich befürchte, die ›DDR‹ war für Menschen traumatisierend, die kein Glück hatten«.

»Mag sein. Geschichtliches ist es nicht, worüber ich mich unterhalten will, obwohl es an der Uni eins meiner Lieblingsfächer war. Ab-gesehen davon sollte es heute um Lennart gehen«.

»Wenn Du in einer Psychiatrie wärst, was würdest Du fühlen, wenn Du fremdbestimmt wirst oder es Dir entsprechend vorkommt?«

Mia setzt sich auf und guckt zu mir.

»Ich habe keine Erfahrungen mit Hospitalisierungen. In meiner Familie war es kein Thema bei geistiger Gesundheit und vernünftiger Erziehung. Magst Du nicht endlich von Len sprechen?«

»Das tut er«, mischt Eddy sich ein.

»Sag bitte nicht, dass Du nicht mal weißt, wo der Mann Deines Herzens geboren und aufgewachsen ist«.

»In der ›ehemaligen DDR‹? Woher sollte ich es wissen? Aus seiner Vergangenheit machte er kein Thema«.

»Wenn man jemanden liebt, will man wissen, was er vor der gemeinsamen Zeit getan, gelernt und erlebt hat. Als ich Eddy traf, erzählten wir uns alles voneinander«.

»Darum seid Ihr heute noch zusammen. Lennart sprach nicht viel, nur das Nötigste und dann über das, was in der Gegenwart passierte«.

»Er hat es Dir nicht leicht gemacht zu begreifen, was mit ihm nicht stimmt«, setze ich traurig fort. »Vergessen, er wollte ›es‹ vergessen. Zu begreifen, dass dieser dunkle Teil zu ihm gehört, ist ihm bis heute nicht gelungen. Heute ist er frei und dennoch in sich gefangen«.

Ich schildere Mia die traurigen Jahre eines jungen Erwachsenen, der nicht die gleiche Chance erhielt, ins Leben zu finden wie die Gleichaltrigen ohne diese schrecklichen Erfahrungen.

»Wie muss er sich gefühlt haben, als er in der Psychiatrie untergebracht war? Musste er sich zwangsweise einer Medikation unterziehen?«, stellt mich Mia mit ihrer Frage vor heikle Probleme.

»Nicht von allem hat er erzählt. Es hat ihm ohnehin viel Kraft gekostet überhaupt Teile seiner Vergangenheit offenzulegen. Er bereut zutiefst, sich Dir nicht anvertraut zu haben. Ist es ein Verbrechen, wenn jemand es nicht schafft, sich anderen zu öffnen, unabhängig davon, wie viel Hände ihm gereicht werden?

Traurig war er bei der Schilderung, dass er Dich zu der Beerdigung Deines Vaters gern begleitet hätte, dem entgegen blockiert gewesen sei durch Ängste vor der Konfrontation mit vielen Leuten und Geräuschen, die in ihm Dinge wachrütteln, mit denen er nicht mehr umgehen könne. Dunkle Kleidung und Gerüche bedeuten Trigger für ihn, die er durch Alkoholkonsum zu kompensieren versucht. Selten nüchtern zu sein ist gleichzusetzen mit einem Ventil, wofür er sich schämt, auch wenn er es nicht zugibt«.

Mia schaut zum Himmel, als es um ihren Vater geht und wischt sich übers Gesicht.

»Ich hätte Lennart gebraucht. Scheinbar er mich viel mehr. Er muss eine Therapie beginnen, um die Dämonen loszuwerden«.

»Sei mir nicht böse, wenn ich Dir unterstelle, unsensibel zu sein«.

Warum kann sich Eddy nicht zurückhalten? Wir alle suchen nach Hilfe für Len und ich boxe meinen Freund.

»Unsensibel bist einzig Du«.

»Warum?«

»Mia möchte ihn retten«.

»Das wollen wir alle. Du kannst den armen Kerl nicht in ein Psychiatrie-Bett stecken, in dem er alles erinnert, als wäre es gestern passiert. Da spaziert täglich eine Schwester an sein Bett und spritzt ihm was, das ihn sediert. Er wird Gesprächsgruppen zugeführt und soll sprechen? Was für ein Wahnsinn. Deutlich erklärte er uns, dass er mit all dem abschließen will und muss. Ein weiterer Suizidversuch, damit wäre keinem geholfen«.

»Er hat nicht versucht, sich umzubringen?«.

Mia ist entsetzt.

Ich seufze.

»Nicht nur einmal und er ist trotz Rettung gestorben. Ein Wunder, dass er überhaupt eine Beziehung mit Dir versuchte bei seiner Furcht vor Nähe und dem geringen Selbstvertrauen. Er hat Dich gewollt, Mia. Dich und eine neue Chance glücklich zu werden. Sie wurde ihm genommen«.

Mia steht auf und krempelt zur Veranschaulichung die Ärmel ihrer Bluse hoch.

Inzwischen habe sich in ihrem Leben viel getan, was nicht heißen soll, dass Lennart dort keinen Platz mehr finden könnte.

»Gibt es einen neuen Mann in Deinem Leben?«, traue ich mich kaum zu fragen.

»Leider ja, Mo. Ich liebe Paul über alles. Ein großes Problem ist seine Eifersucht. Wenn ich ihm erkläre, wie wichtig mir ist, für Lennart da zu sein, wird er es nicht auf Anhieb verstehen. Er ist ein völlig anderer Typ und liebt Zärtlichkeiten, die er auslebt.

Ich habe Dinge gutzumachen.

Hätte ich nicht Lennarts Ängste viel deutlicher spüren müssen? Wäre mir nicht möglich gewesen, eine Erklärung zu finden für die nicht gelebte körperliche Nähe?

Wenigstens jetzt will ich seiner kranken Seele helfen. Wenn es auch das Einzige ist, was ich tun kann. Gern würde ich ihn treffen«.

»Wird Paul nichts dagegen haben?«, scheint auch in Eddy ein Film abzugehen.

»Ich glaube nicht, Eddy. Behutsam vorbereiten muss ich ihn, weil es Dinge gibt, die ihn kränken werden«.

»Ist er krank wie Lennart?«. Eddy rollt die Augen.

»Lernst Du nur Männer kennen, die seelisches Gepäck bei sich tragen?«.

Mia lacht.

Wir beide haben gehofft, es könnte ein Happy End für Lennart und Mia geben, richtig kitschig wie wir es aus dem Fernsehen kennen.

Das Leben schreibt andere Geschichten, hörten wir bereits von unseren ›Mamas‹.

Dass sie immer recht behalten müssen.

Wir sollten dankbar sein, dass Mia ein neues Glück gefunden hat und nicht auf unsere unbearbeitete Liste nächster ›Missionen‹ rückt.

»Schritt für Schritt« hören wir von Mia, was nach einem guten Plan klingt.

»Es geht gerade nicht um Paul. Er kann sich meiner sicher sein. Finde ich Lennart nur in dieser Unterkunft? Mulmig wird mir bei dem Gedanken dorthin zu müssen«.

Eddy rät ihr unverzüglich davon ab und schildert in allen Einzelheiten, was uns in dem dunklen Gemäuer widerfahren ist.

Geschockt ist sie von den Zuständen und Bedingungen, unter denen Lennart mittlerweile lebt.

Wir überlegen, Ben ›ins Boot zu holen‹, um ein Treffen zwischen zwei Menschen zu arrangieren, die sich einmal nahestanden und chancenlos waren.

Wiedersehen

Bens Freude über die Bereitschaft von Mia, ihren alten Freund wiederzusehen, veranlasst ihn sofort zu handeln.

Viele Male zieht er los, um ihm an irgendeinem Platz zu begegnen.

Wir haben aufgegeben, seine Versuche zu zählen, weil sie alle ins Leere liefen.

Langsam stellen sich bei uns allen große Sorgen ein.

Wo ist er?

Was ist ihm passiert?

Fragen, die quälen und zum Aushalten verdammt sind.

Einigkeit besteht dahingehend, dass niemand das Obdachlosenheim aufsucht. Zu groß ist die Angst vor dem, was sich dort abgespielt hatte.

Mia ruft wiederholt bei unseren ›Mamas‹ an und verzweifelt langsam an der Ungewissheit.

Unzählige Male sitzen wir zusammen und überlegen, wie und wo wir Lennart aufspüren.

Ein erneuter Radioaufruf würde voraussetzen, dass er unterwegs tatsächlich in den Genuss kommt, die persönlichen Worte, die an ihn gerichtet werden, hören zu können.

Weder im Park noch in der Stadt hält er sich derzeit auf.

Heute sind Ben und Mia zum Kaffeetrinken bei uns zu Hause.

Es gibt das eine Thema.

»Ist er zurück nach Dresden?«, überlege ich laut, bis Eddy was sagt, was mir einen Stich versetzt.

»Quatsch Mo, niemand geht an den Ort seines Sterbens zurück«.

»Er ist nicht tot«.

»Es ist anders gemeint, als Du es verstehst. Der Osten hat ihn umgebracht, bis sein Körper hierher fand«.

Mia erträgt unsere Diskussion scheinbar nicht, springt heulend auf, schnappt ihre Jacke und verlässt ohne Abschiedsworte unsere Runde.

Schlecht fühle ich mich, wenig Rücksicht auf sie genommen zu haben.

Mein Kumpel lässt ebenfalls den Kopf hängen.

Die Erwachsenen trösten gut.

Warum hilft es momentan wenig?

Ben erklärt, dass es vieles gibt, mit dem Mia sich erst auseinandersetzen muss.

»Stellt Euch vor, dass Len nicht mehr am Leben ist. Die Möglichkeit besteht. Damit wäre ihr die Chance genommen sich mit ihm auszusprechen und vieles bliebe ungesagt. Eine Tragödie für eine junge Frau, die viele Jahre ihr Leben mit einem Mann teilte, den sie jetzt erst kennenlernt«.

»Sie hat ihren Paul«, verrate ich allen, um zu verdeutlichen, dass sie Schutz und Halt bekommt im Falle des ›Point of no Return‹.

»Paul?«, höre ich meine ›Mamas‹ nachfragen.

»Wir hatten geglaubt, dass sie den Verlust ihrer Liebe nicht bewältigt hat. Gönnen wir ihr bitte, dass sie sich neu orientiert hat. Schwere Schatten auf der Seele trägt nicht nur Lennart. Sicher seid Ihr enttäuscht und wünscht Euch ein anderes Ende. Solltet Ihr es schaffen, dass die beiden sich aussprechen, aufeinander zugehen, sich neu begegnen, dann habt Ihr Fantastisches vollbracht«.

»Mia hat auch einen winzigen Schaden, eine Gemeinsamkeit mit Len«. Warum ich in der Art kontere, weiß ich nicht. Die Enttäuschung ist größer als gedacht.

»Das heißt nicht, dass Lennart abge- schrieben ist. Eine gute Freundschaft wäre eine Basis für ihn nach vorn zu schauen«, versucht mich Eddy zu beruhigen.

»Lennart« schreit Ben unvermittelt los und wirkt von Panik ergriffen.

»Mia ist nicht bloß von hier abgehauen. Sie ist zum Obdachlosenheim. Mist. Los kommt mit«.

Ben springt auf und wir haben Schwierig- keiten, ihm zu folgen. Als sei der Teufel hinter ihm her, doch wahrscheinlich steckt mehr Wahrheit drin, als uns lieb ist.

Wir rennen zu dem Ort, um den wir künftig einen großen Bogen machen wollten und sind erleichtert, dass Ben uns bittet zurückzubleiben und in seiner alten Unterkunft verschwindet.

Wenig später kehrt er entmutigt und kopfschüttelnd zurück.

Kein Lennart.

Keine Mia.

»Im Grunde bin ich froh, dass ich falschgelegen habe. Sie ist vermutlich zu Hause. Lennart lebt. In seinem Zimmer liegt eine Tageszeitung von heute, auf der ein offenes Bier steht«.

»Eine Zeitung? Sicher, dass das Prügeltrio nicht erneut die Finger im Spiel hat?«, schlussfolgert Eddy.

»Len kann nicht lesen, wenn wir es auch niemandem sagen dürfen. Außerdem würde er kein Bier stehenlassen«.

Die Angstspirale ist perfekt.

»Ruft die Polizei. Sie haben bestimmt auch Mia«, bettele ich.

»Wir haben keine Hinweise auf ein Verbrechen, Mo«.

Unsere ›Mamas‹ streicheln mich mitfühlend.

»Kommt hier weg«, winkt uns Ben hinter sich her, im Begriff zu gehen, bis ich den Mann auf der anderen Straßenseite sehe.

»Guckt, das ist Werner. Der nette alte Mann, der uns anfänglich den Weg hierher zeigte. Walters bester Freund«.

Meiner Freude habe ich laut Ausdruck verliehen, sodass der ›Rollator-Pilot‹ auf uns aufmerksam wird und schnurstracks auf uns zurollt.

»Da seid Ihr ja Ihr zwei Zauberkünstler. Ich dachte, ich sehe Euch nicht wieder. Geht es Euch gut?«.

Traurig schaue ich ihn an.

»Kennst Du Lennart und Mia? ›Die Schöne und das Biest‹? Ein Obdachloser an der Seite eines Models?«.

»Tatsächlich kann ich Euch ein zweites Mal helfen. Die beiden sitzen da drüben auf einem Spielplatz. Habe mich gewundert über das ungleiche Paar«.

»Unglücklicherweise sind sie keins mehr«, bedauert Eddy.

»Nicht? Für mich sah es anders aus, wie sie sich an ihn schmiegt«.

Wie viel Wärme erträgt (m)ein Herz?

»Hört Ihr? Lennart ist ihr noch wichtig. Auf eine Weise, dass sie alle Ängste abschütteln und ihn hier aufsuchen konnte«.

Seliger Shih Tzu erklärt den Sinn von Gefühlen.

Wenn es auch hart klingt, Paul wird demnächst hoffentlich sein Reich aufgeben müssen.

Mich macht etwas glücklich, an das ich kaum noch glaubte.

Kinderleichte Therapie?

Werner lässt es sich nicht nehmen, in unserer Begleitung den Spielplatz aufzusuchen.

»Guckt dort«, zeigt er flüsternd auf Mia und Lennart.

»Sind sie das?«.

Glücklich nicken wir, setzen uns abseits an einen Busch und beobachten, was sich im ›Kinderparadies‹ abspielt.

Die beiden scheinen alles um sich herum vergessen zu haben.

Wie Kleine toben sie sich auf den Spielgeräten aus.

Lennart sitzt auf der Schaukel, Mia auf seinem Schoß. Jedes Ausholen, um in Schwung zu kommen, wird von Jauchzen begleitet.

Dieses gemeinsame Lachen steckt an.

Mia springt herunter und streckt die Hand aus, nach der Len greift, als hätte es nie zuvor Nähe-Probleme gegeben.

Laut kreischend rennen sie zur Rutsche.

Jede Stufe wird hochgeklettert und signalisiert in besonderer Form das Bewältigen der Vergangenheit.

Wegtreten, was störte.

Sich nicht trennen lassen von Abständen. Das Herunterrutschen - Arm in Arm - ist der zitierte Sonnenstrahl nach einer langen Regen-periode.

Wo sind sie so schnell hin?

Sandkasten?

Unterdessen wird es albern.

Mehr als ich glaubte.

Ich sehe, wie die zwei sich mit Sand bewerfen. Gehts noch? Sollen Kinder das nachahmen?

Wenn auch alle diesem Spielen stundenlang zusehen könnten, drängt in mir alles nach vorn.

»Lennart? Eine Frau wie diese sollte man besser behandeln. Der verfluchte Sand gehört in Deine Front«.

Mit einem Satz gucke ich in verdatterte Gesichter.

»Hey, Mo. Was führt Dich hierher?«.

Er trägt ein Strahlen im Gesicht, das ich zum allerersten Mal bei ihm sehe.

»Wir dachten, Du seist tot verdammt. Seit wann liest Du Zeitungen und trinkst Dein ›Gesöff‹ nicht aus?«.

Mia hat das Bedürfnis für ihn zu antworten.

»Die Zeitung ist meine und ich war ihm wichtiger als das zuvor geöffnete Bier. Wir entschieden uns dagegen sofort über traurige Dinge zu sprechen und wussten, dass Spaß der beste Weg sein würde, um die Kluft zwischen uns zu bewältigen. Funktioniert«, lächelt sie zufrieden.

»Meine Angst, Lennart endgültig zu verlieren, war größer als die vor dem Betreten der Unterkunft. In der letzten Zeit ist mir bewusst geworden, wie sehr ich diesen kaputten Typen vermisse. Wer sagt, dass eine Therapie einzig in einer Klinik erfolg-versprechend ist? Dieses Spielen ist ein guter Anfang«.

Sie beugt sich zu ihrem ›Sandkastenfreund‹ hinüber und gibt ihm einen Kuss auf die Wange.

»Sollte es nicht ausreichen, bestehen noch weitere Optionen«, höre ich Eddys Stimme direkt hinter mir, bis Ben welche aufzählt.

»Wichtig ist, dass Ihr beginnt, miteinander zu sprechen. Und Du, Len wirst einen Zugang zu Dir und Deinen Gefühlen finden müssen. Über die Musik, das Malen oder die Inan-spruchnahme ambulanter Hilfen, ohne eine

Klinik von innen zu sehen. Dein bester Therapeut sitzt Dir gegenüber«.

Lennarts Tränen haben nichts Trauriges. Befreit wirkt er und zuversichtlich, dass es doch etwas gibt, wofür es sich zu kämpfen und weiterzuleben lohnt.

»Ihr seid noch jung«, mischt Werner sich ein.

»Die Liebe trifft nicht jeden. Wenn, dann muss man sie festhalten. Als meine Frau ›ging‹ gab es kein Zurück. Die Einsamkeit und die Leere sind echte Gründe zum Aufgeben, wenn das Herz nicht weiterschlagen würde. Macht nicht den Fehler, Großartiges zu beenden. Aus zwei Wegen einen zu machen bedeutet nicht, sich zu verlieren. Allerdings muss man bereit sein, daran zu arbeiten. Wenn ich Euch zusehe, ist es keine Frage, ob ihr zusammengehört. Was Euch hinderte oder getrennt hat, kann nicht stärker sein. Pflegen könntest Du Dich mal«, Werner schaut Lennart an.

»Die hübscheste Frau dieser Welt neben mir, wer guckt nach dem Begleiter?«

Es tut gut, die beiden so zu sehen und wir spüren, dass es an der Zeit ist zu gehen.

»Werner? Können wir Dich im Heim besuchen? Mich interessiert, wie die Zimmer aussehen. Kriegt Ihr dort zu essen? Wenn ja, werft ihr wirklich damit nacheinander? Spielt Ihr zusammen oder Euch aus?«

»Ach herrjemine, Mo sucht nach einer neuen Mission«, schluckt Eddy und schaut unsere ›Mamas‹ an.

Werner hingegen freut meine Neugier.

»Weißt Du, Mo. Ich lebe in einer Residenz, an der ich nichts auszusetzen habe. Haarsträubend, wovor ich alles zuvor gewarnt wurde. Wird man nicht meschugge im Kopf, kann es recht nett dort sein. Einsamkeit ist das Einzige, was mich drückt. Abwechselung durch zwei kleine Hunde würde vielen – mir voran – gefallen«.

»Hast Du gehört, Eddy? Wir mischen ein Heim auf«.

Begeisterung sieht anders aus.

Spielverderber.

Dass wir dort keine Schwerverbrecher jagen, heißt nicht, dass es nichts zu tun gibt.

»Brauchst mir nicht zu antworten. Dann werde ich zum halben ›Auftrags-Pfoten-Erfüller‹«.

Von hinten greift mich Mia und drückt mich fest an ihr Gesicht.

»Nicht so schnell kleiner ›Flucht Shih Tzu‹. Eure Mission ist noch nicht beendet. Gut angefangen werdet Ihr uns doch jetzt nicht aufgeben«.

»Ihr habt zueinandergefunden. Bedauerlicherweise nicht in der Form, wie wir es uns gewünscht haben. Fertig. Mission erfüllt«.

»Ich krieg noch das Auto oder die Reise«.

»Hallo? Du könntest den Jackpot haben, gäbe es nicht mittlerweile Paul«.

Das Lachen von Mia verstummt.

»Ernsthaft. Len und ich sind noch weit entfernt von Deinen Wünschen für uns«.

Zufrieden wirkt Eddy, dass ihn die nächste Mission nicht überrollt.

»Klar. Obdachlosenheim trifft auf autonomes Wohnen. Dazu Paul, der neue Mann an Mias Seite. Da gibts noch was zu tun«.

»Paul? Ich höre immer Paul«.

Diese Information setzt Lennart sichtlich zu.

»Bin ich ein Rindvieh. Wie konnte ich glauben, dass Du auf jemanden wie mich wartest?«.

»Er wird Dich mögen – oder akzeptieren. Ich stell ihn Dir vor. Viel, sehr viel habe ich ihm von Dir erzählt«,

Mia setzt mich zu Boden und nimmt Lennart an die Hand.

Stimmt, die Mission ist noch nicht zu Ende, überfordert wie er auf uns wirkt.

Entgehen lasse ich mir nicht, welchen Weg die beiden für sich finden.

Gibt es einen Schöneren als den der Freundschaft, wenn Vergangenes zu tief erschüttert ist, als daran anknüpfen zu können?

Kleiner Neubeginn

Kennst Du diese lang gezogenen Tage, an denen nichts passiert?

Ich liege in meiner ›Schlafoase‹ und spitze die Ohren, um jedes kleine Geräusch einzufangen.

Würde wenigstens eine Maus hier durchlaufen.

Ein Schmetterling hat sich seit Langem nicht im Haus verirrt. Ich liebe diese kleinen farbigen Flattertiere.

Ein Shih Tzu, der gähnt, kann darauf verzichten, Zähne zu zeigen.

Unsere ›Mission‹ geht mir durch den Kopf.

Ob sich Mia ein weiteres Mal mit Lennart getroffen hat? Was, wenn der neue Mann an ihrer Seite Verabredungen torpediert?

Es klingelt an der Tür.

Wahnsinn, erwartet uns Ablenkung?

Mit Ausnahme von mir freuten sich hier alle - einschließlich Eddy - auf einen ruhigen Nachmittag, der einen von der Couch zum Kühlschrank befördert.

»Wollt Ihr nicht nachsehen?«, störe ich die Lethargie, die hier heute ein ganzes Haus füllt.

Erneutes Klingeln.

Wie kann man ignorieren, dass jemand da draußen genauso unter Langeweile leidet wie ich?

»Seid Ihr taub? Ein Notfall«.

»Moment, ich komme«, wackeln Beine an mir vorüber.

Meine Güte, die sind im ultimativen ›Spar-flammenmodus‹.

Gehofft habe ich auf Mia, obwohl Ben überdies in Ordnung ist.

»Hi. Jonna, Leonie und ich feiern nachher im kleinen Rahmen. Wir würden uns freuen, wenn Ihr dazu kommt«.

»Gern« höre ich.

Lügen, ohne rot zu werden. Ob man lange dafür üben muss?

»Was feiert Ihr?«, bringe ich Licht in die Dunkelheit.

»Meinen Geburtstag, Mo, nichts Großes. Die Frauen im Haus haben Kuchen gebacken«.

»Ich nehme Käse, warm gemacht, klebrig und bitte nicht in einer Größe, dass man minutenlang nach ihm suchen muss«, wird Eddy schlagartig wach. Er assoziiert mit Feiern besondere Leckereien - explizit für die Vierbeiner, die Delikatessen mehr zu schätzen wissen.

Ben lacht.

»Für Dich auch?«, guckt er zu mir.

»Lass mal, reicht, wenn einer bald nicht mehr durch Schlupflöcher passt. Ich bin stolz auf meine athletische Figur«.

War klar, dieses blöde Gelächter.

Gleich kommen die Standardsprüche von ›zu dünn‹ und ›unterernährt‹.

»Du hattest erst Geburtstag, Ben. Am Tag, als Du aus dem Loch gekrochen bist«.

»Unbestritten Mo. Das war meine Wieder-geburt und es gibt viele Menschen, die doppelten Grund zum Feiern haben. Ich bin einer dieser Glücklichen«.

»Zum Saufen«, werde ich unfair und merke es im gleichen Atemzug.

»Ich wähle Kaffee; Bier gibts für Lennart«.

»Wie Lennart? In Begleitung von Mia?«.

Als Ben bejaht springe ich abrupt auf.

»Wozu warten? Wir gehen mit«.

»Dürfen wir uns noch umziehen?«, schütteln unsere ›Mamas‹ genervt den Kopf.

Mein Verständnis gilt uneingeschränkt ihnen, die gerade realisieren, dass aus dröger Tagesgestaltung nichts wird.

Als wir bei der ›Wohngemeinschaft mit Herz‹ eintreffen, imponiert ein geschmücktes Paradies.

Dass Leonie ein Händchen für Dekorationen besitzt, hat sie am Grab von Julian bewiesen, als sie den Geburtstag ihres kleineren Bruders liebevoll gestaltete.

Nichts wirkt kitschig, eher wie eine Liebeserklärung an ihren Papa.

Jonna ruft uns in die Küche und fragt tatsächlich, was für einen Käse wir wünschen.

Eddy ist in seinem Element, bis ich den Braten rieche. Ich meine tatsächlich das Fleisch.

»Sind wir zu Kaffee und Kuchen oder zum Abendessen eingeladen?«.

»Ihr könnt so lange bleiben wie Ihr wollt. Wir freuen uns und es ist ausreichend da«.

»Ich nehme das, was die Sinne reizt. Zuvor eine Schüssel Wasser« erinnere ich Jonna an ihr kleines Problem, nicht an alle Details zu denken, wenn sie Hunde zu Besuch hat.

»Klar, Mo«, klatscht sie sich an die Stirn.

»Es kommt der Tag, an dem habe ich es hier drin«.

»Gebongt. Den Braten bitte in kleinen Happen«.

»Wollen wir nicht auf Lennart und Mia warten?«.

Ist es wichtig, bestimmte Schemata einzuhalten? Typisch Mensch. Am Nachmittag kalte Küche, obwohl ich mir nichts aus Süßem mache.

Eddy guckt zu Jonna auf.

»Ist Paul mit eingeladen?«

»Wir fanden es nicht angebracht, weil Ben ihn nicht kennt und die Situation für Paul gerade alles andere als leicht ist«.

»Meinst Du, Mia schafft es, sich von ihm zu trennen?«, frage ich, weil ich mir nichts mehr wünsche.

»Von Paul? Nein, das wird nicht passieren. Er war da, als es ihr schlecht ging. Sie liebt ihn und sie weiß, was sie an ihm hat«.

Falsche Antwort.

Die beiden Ersehnten sind eingetroffen und ich folge Eddy zur angemessenen Begrüßung, wenn ich auch wütend bin, wie schnell ein Mensch ausgetauscht wird.

Da stehen sie im Wohnzimmer bei Ben, Hand in Hand, als seien sie noch zusammen.

»Könnt Ihr bitte Euer Schauspiel für den Moment einstellen? Ich schieße Fotos für Paul, ich schwöre«, schreie ich in die Runde.

Geht doch, denke ich, als die eine die andere Hand loslässt.

Mia beugt sich zu mir herunter.

»Ich gebe Dir recht. Mitunter habe ich ein schlechtes Gewissen, wenn ich Len falsche Hoffnungen mache«.

Ach nee.

»Wenn er zu blöd ist und das mit macht«.

»Bin ich. Ich lerne Nähe zuzulassen. Wie könnte ich mein Ziel besser erreichen? Ich weiß, dass meine Mia nicht mehr meine ist. Das Vertrauen ist geblieben und Du weißt, was ich für Schwierigkeiten im Umgang mit Menschen habe. Nichts will ich ungenutzt lassen, um an mir zu arbeiten«.

»Macht, was Ihr wollt. Können wir essen?«.

Gelangweilt drehe ich mich um und reiße einen Ventilator um.

Dieser Krach erschüttert nicht nur mich.

Lennart hält sich die Ohren zu, woraufhin ihn Mia in den Arm nimmt.

Ist es das erste Mal, dass er sich nicht entzieht?

»Tut mir leid. Dich hat der Knall erinnert, stimmts?«. Es macht mich unendlich traurig, dass ausgerechnet ich verantwortlich bin, in ihm Bilder wachzurufen.

»Alles gut, Mo. Ich muss lernen es auszuhalten, stehe aber noch am Anfang. Mia kennt endlich meine Geschichte und ist mir eine große Stütze«.

Ben wechselt das Thema und berichtet stolz über die schulischen Fortschritte seiner Tochter, um zu unterstreichen, dass jeder sein Leben auf die Reihe bekommen kann unabhängig davon, was ihm für Steine in den Weg gelegt wurden.

Bei ›mir knurrt der Magen‹, springt Jonna auf und holt aus der Küche Eddys ersehnten Käse und meine Fleischspezialitäten.

Die Großen sitzen an ihrer Kaffeetafel und unterhalten sich angeregt.

Ben überlegt, ob Len sich in dem kleinen Zimmer wohlfühlen könnte, das hier im Haus leer steht und derzeit als Speisekammer genutzt wird. Allerdings müsse er etwas gegen seinen massiven Alkoholkonsum tun. Dies ist Jonnas ausdrücklicher Wunsch, die zeitnah mitteilt, dass er den Job als Hausmeister im Hospiz bekommen könne, den Ben aufgrund seiner beruflichen Neuorientierung kürzlich aufgegeben habe.

Es wäre ein kleiner Anfang.

Raus aus der Unterkunft, mit Mia als Freundin, neuer Arbeit und der Vergrößerung unserer ›Lieblings-WG‹.

Eddy zwinkert mich über seinen Käse hinweg an.

Läuft.

Bis wir Lennart antworten hören.

»Euer Angebot ist verlockend. Ich könnte heulen bei so viel Unterstützung. Noch weiß ich nicht, ob ich gegen meine Sucht ankomme. Derzeit ist sie stärker als ich. Mia hat mir verschiedene Optionen aufgezeigt, ambulante Hilfen in Anspruch zu nehmen, die mich nicht zwangsläufig retraumatisieren. Der Job wäre das Größte, Jonna. Ich denke darüber nach«.

»Willst Du das Zimmer anschauen?«. Ben steht auf und zeigt hinüber, bis uns fassungslos macht, was Mia sagt.

»Ich hätte Len gern bei mir. Ich muss es noch mit Paul klären, was nicht einfach wird«.

Unfassbar diese Frau.

Drei? Einer ist zu viel.

»Egoistische Wünsche« bringt es Eddy auf den Punkt, was mich zu einem Streitgespräch animiert.

»Planst Du Deine Männertage? An den Geraden ist Paul Nummer eins, die Übrigen pflegst Du Lennarts Seele?«.

Als sie nicht antwortet, setze ich einen drauf.

»Stimmt, bei dem einen gibts keine Schäferstündchen. Einer fürs Bett, der andere fürs Herz«.

»Es reicht Mo«, schiebt Lennart seinen Stuhl nach hinten, greift nach Mias Hand und zieht eine Verabschiedung der weiteren Feier vor.

»Tut mir leid«, heule ich los. »Es geht mir nicht in den Kopf, wie Dich ein derartiges Arrangement glücklich machen kann. Es wird Dir alles abverlangen und innerlich jeden kleinen Fortschritt zerstören. Erträgst Du dabei zuzusehen, wie Deine große Liebe vor Deinen Augen in anderen Armen liegt?«.

Mia reißt sich von Lennart los und verlässt das Haus, während er stumm hinterherblickt.

Er fragt Ben, ob das Angebot mit dem Zimmer noch steht.

Alle atmen auf, dass wir diesen Tag nicht völlig zerstört haben.

Ben und Len scheinen auf einem guten Weg sich anzufreunden, wobei Letzterer darauf besteht, sich nicht verändern zu lassen.

Schuhe werden es in seinem Leben weiter schwer haben und den Konsum werde er reduzieren, nicht einstellen.

Es wird ein schöner Abend, viel wird gelacht und ab und zu geweint.

Gerade als Lennart zugibt, wie gern er die Zeit zurückdrehen würde. Er habe Mia geliebt, wie es einem Wrack wie ihm überhaupt möglich gewesen sei. Man dürfe ihr nicht vorwerfen, ein neues Leben ohne ihn begonnen zu haben.

»Wir haben viel gesprochen in den letzten Tagen. Paul ist und bleibt ihr wichtigster Mann. Wer kann es ihr verdenken?«, will er traurig von uns wissen.

Man merkt, wie weh es ihm tut, es zu akzeptieren, aber auch sein Verständnis für die Gesamtsituation wird immer deutlicher.

»Wohlgefühlt habe ich mich nicht bei dem Gedanken zu dritt zu wohnen, wollte Mia aber nicht wieder enttäuschen. Sie hat es sich grenzenlos gewünscht«.

Als alle ihm signalisieren, dass seine Entscheidung gegen ein Leben zu dritt richtig sei, beginnen die Planungen für das zukünftige - schuhlose, aber optisch gepflegtere - Auftreten und Leben eines Mannes, der erstmals in sein Leben findet.

Eddy und ich sichern unsere weitere Hilfe zu, gerade in Bezug auf Mia.

Eine Freundschaft zwischen den beiden sehen wir, die wir auf alle Fälle unterstützen.

Entscheidung

Mia hat sich zurückgezogen, nicht nur von Eddy und mir.

Zeit sollen wir ihr geben, ist der größte Wunsch von Lennart, der tatsächlich langsam in (s)ein neues Leben findet.

Hin und wieder berichtet Ben von dem Ausmaß der posttraumatischen Belastungsstörung bei seinem Freund.

Dem ungeachtet mache er große Fortschritte. Natürlich könne man nicht erwarten, dass er alles komplett ändere.

»Das Bier schmeckt ihm noch viel zu gut. Froh sind wir, dass er den Konsum auf abends beschränkt. Dann verlässt er sein Zimmer nicht und legt sich zeitig schlafen. Tagsüber hat er sich gut im Griff. Den Job im Hospiz hat er bekommen und ist bislang nicht negativ aufgefallen«.

»Super« lobe ich.

»Singt er - wie Du - mit den Bewohnern?«.

»Erwartungsgemäß schafft er es weiter nicht, mit Menschen klarzukommen. Glühbirnen und Werkzeuge stehen ihm weitaus näher.

Ben lacht.

»Er bleibt der ›Barfüßler‹ für alle, die ihn als suspekt bezeichnen, der nichtsdestoweniger seinen Job zur Zufriedenheit des Vorstandes erledigt«.

Klingt nach Lennart.

»Von seinem ersten Geld hat er sich gebrauchte Kleidung gekauft. Miete braucht er für diese kleine Kammer bei uns nicht zahlen, dementgegen lässt er sich eine Beteiligung am Lebensmitteleinkauf nicht nehmen. Unsere Vermieter respektieren ihn, weil er von Beginn an mit offenen Karten gespielt hat. Ihr glaubt nicht, wie er sich vorstellte. Keiner hätte ihm da böse sein können«.

»Ich bin Trinker und glücklich?«, witzelt Eddy.

Ben erzählt, dass Lennart zum Vermieter gegangen sei, den Wortlaut könne er nicht mehr gänzlich erinnern.

Len meinte, er sei ein kaputter Typ, der wirklich nie was auf die Reihe bekomme. Als er gesagt habe, dass der Mann keine Angst haben brauche, dass er sich an seine Frau heranmache, weil er ohnehin ein Riesenproblem mit Zärtlichkeiten habe, war das Eis gebrochen. Die beiden haben sich viel unterhalten, was für Lennart ungewöhnlich ist. Scheinbar existierte auf Anhieb eine Basis. Jonna und ich sind seither abgeschrieben. Gibt es Klärungsbedarf über die ein oder andere Sache ist es Lennart, zu dem sie gehen.

»Und Edmo?«, fragt mein Kumpel.

»Was glaubt Ihr? Den liebt er mehr als jeden von uns. Leonie freut es, weil es ihr das schlechte Gewissen nimmt, wenn sie mal mehr Zeit in die Schule als in ihren Hund investiert«.

»Spricht er noch von Mia?«.

Ich befürchte die Antwort zu kennen.

»Täglich und ohne Pause. Wir genießen Erzählungen aus der gemeinsamen Zeit. Es ist ein Fortschritt, dass er zu reden begonnen hat«.

Ich stoße Eddy an.

»Wir sollten uns um ein erneutes Treffen bemühen«.

»Sie lehnt ein weiteres ab«, meint Ben traurig.

»Jonna, Eure ›Mamas‹ und ich haben es versucht. Sie öffnet keinem die Tür und blockiert Anrufe«.

Der Radiosender freut sich über eine Neu-auflage, ganz bestimmt.

»Eddy, los. Wenn es jemandem gelingt, dann uns. Wo ist Dein Feuer? Wir sind die ›Missions-Hinkrieger‹«.

Noch ahnungslos, was ich vorhabe, folgt mein Freund mir bis vor die Tür, die er noch gut erinnert.

»Das ist nicht Dein Ernst Mo«.

»Und ob. Ich habe mich schäbig verhalten, bin hingegen Profi im Gefühle-Reparieren«.

Wie ein guter alter Freund werde ich vom Moderator freudig hereingebeten, der mein

Bedürfnis aufgreift und mir das Equipment zur Verfügung stellt.

»Mia?«, läuft wenig später über den Äther.

»Alle solle hören, dass ich ein größerer Trottel bin als Dein Ex-Freund.

Meine Beleidigungen waren unpassend und gemein.

Wenn einem das Recht auf echte Liebe zusteht, dann Dir.

Wir würden Deinen Paul gern kennenlernen.

Könntest Du mich jetzt sehen. Hier sitzt ein kleiner Shih Tzu mit großem Herzen, in dem Du einen Platz eingenommen hast. Ich lade Deinen Paul in das ›kleine, rote Ding‹ ein.

Verzeih mir meine harten Worte. Wehtun wollte ich Dir zu keinem Zeitpunkt.

Ich war das Problem.

In meinem Kopf manifestierte sich der große Wunsch, Lennart nicht nur aus dem Sumpf zu ziehen, sondern ich sehnte mich nach einer Neuauflage Eurer Liebe.

Dass es Geschichten ohne Happy End gibt, muss ich erst noch lernen.

Weder mit einem Urlaubsgutschein noch einem ›Töfftöff‹ darf ich Dich locken, weil ich mir den Sender warmhalten muss«.

Warum lacht der ›Modi‹ hier neben mir?

Dieser schaltet sich spontan zu.

»Liebe Mia. Du kannst ihn nicht sehen, wie er neben mir hockt. Erlöse den liebevollsten Shih Tzu, der uns je begegnete, von seinen sonst nie endenden Qualen, damit er weiterhin Gutes tun kann. Es winkt ein Essensgutschein, den unser Sender sponsert. Gern für drei Personen, damit Du weder Paul als Mann an Deiner Seite noch Lennart als besten Freund aus Deinem Leben ausschließen musst. Gib Dir einen Ruck, heiß Umworbene«.

»Prinzessin«, füge ich schnell hinzu.

Eddy ist gerührt von unserem Auftritt.

»Wenn sie das nicht erweicht, kannst Du den Job als ›Träume-Erfüller‹ an den Nagel hängen. Du bist einmalig«.

Auf dem Weg nach Hause schwebe ich förmlich über dem Gehweg.

Eddys Worte sind der schönste Lohn für alle Mühen.

Heimwärts treffen wir auf unsere ›Mamas‹ in Begleitung von Lennart.

Mia hat sich gemeldet und wünscht sich ebenfalls ein Wiedersehen mit der Bedingung, dass er nicht ohne uns erscheint.

Paul wisse Bescheid und freue sich auf die erste Begegnung.

Mulmig ist mir, als wir die Treppen zu ihrer Wohnung hochgehen.

Wie fühlt sich unser Schützling Len, wenn er erstmals seinem Kontrahenten gegenübersteht?

Hält er es aus?

»Wir sind für Dich da«, ziehe ich meinen Trost vor.

»Weiß ich doch. Ich pack das. Niemand kann schlechter für meine Mia sein, als ich es damals war«.

Sie öffnet die Tür.

Wieder liegt sich das ehemalige Paar spontan in den Armen und ich blicke ängstlich durch die Wohnung.

Nicht, dass Paul das mitansehen muss.

Klein und schnuckelig ist die Wohnung und geschmackvoll eingerichtet.

Erschrecken tut mich der Kratzbaum. Ich hasse Katzen.

Erst recht, wenn sie ihr Revier verteidigen.

»Setzt Euch«.

Mia kommt auf mich zu und drückt mich fest an sich.

»Du kleiner, bockiger, störrischer Wirbelwind. Mein Herz besitzt Du schon lange. Ich habe mich nicht von Euch zurückgezogen. Manches benötigt Zeit«.

Sie wendet sich Lennart zu und drückt ihre Freude aus über die positiven Entwicklungen mit dem Umzug und der Jobaufnahme.

»Du wirst es schaffen, Len. Um eins konnten sie Dich - auch unter Haftbedingungen - nicht berauben. Dein löwenstarker Wille ist ›unkaputtbar‹«.

Zum ersten Mal hält sie großen Abstand zu ihm, was wir angesichts des anderen Mannes verstehen.

In der Tür steht er.

Nein, Paul noch nicht.

Ein fetter, schwarzer Kater mit Tötungsabsicht in den Augen.

Womöglich sitze ich auf seinem Lieblingsplatz.

Schnell laufe ich an ihm vorbei und suche in der Wohnung nach einem Versteck.

Das Schlafzimmer?

Schwups.

Ab aufs Bett.

Teilt sie es überhaupt mit Paul?

Nur auf einer Seite liegt Bettwäsche.

Hoffentlich gab es keinen Streit angesichts unseres Eintreffens und er schläft die kommenden Nächte woanders.

Neugier geweckt, - den Kater vergessen, - hangele ich mich am Kleiderschrank hoch, bis die Tür aufgeht.

Frauenklamotten?

Wo hängen die männlichen Sakkos, Hemden und Krawatten?

Meine Ahnung schreit nach Bestätigung, die ich im Badezimmer suche.

Eine Zahnbürste?

Im Wäschebeutel vor der Waschmaschine ›Weiberzeugs‹, soweit ich das überblicke. Nicht dass Du denkst, ich schnüffele an dreckiger Wäsche. Pfui.

Hat Mia uns an der Nase herumgeführt?

Na warte.

Flink laufe ich rüber und sprenge die Unterhaltung und die ›Gut-Wetter- Gespräche‹.

»Übrigens war Paul echt nett. Betonung auf war. Er ist gerade ausgezogen«.

Alle schauen entsetzt zu mir, außer die ›Schwindlerin‹.

»Warum blickst Du runter zum schwarzen Dickerchen? Ist es sein Kater? Dann hat er vergessen, ihn mitzunehmen«.

»Breche keinen Streit vom Zaun, Mo. Du warst derartig glücklich, dass Mia Dir verziehen hat« mischt sich Eddy ein, der mich natürlich nicht verstehen kann.

»Lennart?«, wechsele ich demonstrativ meinen Gesprächspartner. »Ich glaube, Du lagst richtig«.

»Wie bitte?«. Lennart runzelt die Stirn.

»Du hast uns nicht nur von der Frau Deines Lebens erzählt, sondern bist ins Schwärmen geraten bei jedem Deiner Beschreibungen. Diese Frau kann nicht perfekt sein, glaubte ich manches Mal. Doch - ist sie. Bei allem Mist, den sie an Deiner Seite ertragen musste mit einer wirklich erbärmlichen Trennung hat sie scheinbar immer darauf gewartet, dass Du zurückkehrst«.

Nicht nur er versteht nicht, was für einen Film ich gerade drehe.

Besser könnten Sie ihn in Hollywood nicht produzieren.

»Du hast meine Zeichnungen entdeckt?«, vermutet Mia richtig.

»Kann uns mal jemand aufklären?«, nagt an Eddy die Ungewissheit, was geschehen ist.

Ich laufe los und ziehe die Blätter unter der Kommode vor, schnappe mit meiner Schnauze danach und breite sie auf dem Wohnzimmerboden vor allen Augen aus.

»Guckt Euch diese Bilder an. Fantastisch, oder?«.

Eins zeigt einen ›Mann ohne Schuhe‹ mit Herzen versehen, ein weiteres ein Paar, dass keine Fragen offenlässt bei den Initialen ›L‹ und ›M‹.

»Lennart, Du lebst in dieser Wohnung«, versuche ich ihn wachzurütteln.

»Aber Paul?«.

Mia zeigt auf ihren Kater.

»Darf ich vorstellen? Die zweitgrößte Liebe meines Lebens«.

Tränen laufen über Lennarts Gesicht, bis er aufsteht und Mia küsst. Nicht auf die Wange, wie zuvor kontinuierlich beobachtet.

Eddy und ich wissen unverzüglich, dass wir beiden Raum geben müssen, sich über alles in Ruhe auszutauschen. Im Nebenzimmer hören wir dem Gespräch glücklich zu.

Sie schmieden Pläne für ihren weiteren Weg, der steinig, aber nicht unmöglich sein wird. Lennart gibt sich einen Ruck und lehnt nicht sofort den Vorschlag einer ambulanten Therapie ab.

»Eddy? Können wir ein Stück näher an die Wohnzimmertür? Ich verstehe nur die Hälfte«.

Kurz darauf liegen wir in der Tür und beobachten die beiden, die uns monatelang in Atem hielten.

»Es gibt Möglichkeiten, auch für Dich« nimmt Mia seine Hand. »Wir gehen zusammen da durch. Sobald Du merkst, dass es Dir zu viel abverlangt, suche ich mit Dir nach einer anderen Möglichkeit«.

»Es wäre gelogen, wenn ich Dir sage, dass wir alles hinbekommen. Diese Scheißangst, dieser Alkohol und die Albträume. Ich mache Dir und mir nichts mehr vor. Die Gegenwart ist schön, die Zukunft wird erst einmal bestialisch. Wer tief unten ist, steht nicht auf, streicht sich seine Klamotten glatt und geht aufrecht in einen neuen Tag. Ich will es für uns. Wirklich. Versprechen werde ich im Vorfeld nichts«.

Mia und er schauen sich sekundenlang an.

»Ich weiß«, pflichtet sie ihm bei. »Wichtig ist, dass wir ehrlich zueinander sind und bleiben. Und dass Du sprichst«.

»Ich ziehe keine Schuhe an, Schatz«.

»Sie würden Dir ohnehin nicht stehen«, lacht sie. »Ein erneutes Zusammenwohnen geht?«.

Er schaut zu Paul. »Frag lieber ihn. Er weiß zu viel von mir«.

Eddy und ich sind ergriffen von der Zuneigung, die wir uns mehr als alles andere gewünscht haben.

Sie haben uns gesehen.

Mias Augen leuchten, wie seit Langem nicht mehr.

»Es gibt sie, Geschichten ohne Happy End, weil die Protagonisten Eddy und Mo nicht kennen. Ihr habt mit Lennart und mir ein neues Kapitel aufgeschlagen, höre ich Mia überglücklich sagen. »Die Wunden werden lange brennen, doch meine Gefühle sind stark genug, meinem Len zu helfen, dass sie in ferner Zukunft verheilen. Die Narben veröde ich mit Handauflegen«.

Ein schöneres ›Missionsende‹ hätte niemand uns hinterlassen können.

Geistige Neuausrichtung

Eddy hat befürchtet, was folgt.

Zwar sprechen wir noch lange über die Entwicklung von Lennart und dass Menschen wie er viel zu schnell abgestempelt werden. Jeder hat es in der Hand, hinter die Fassaden zu blicken, man benötigt nicht zwingend Pfoten.

Neben großer Freude wurden wir mit traurigen Gefühlen konfrontiert, mit Ängsten und dem Beinahe-Scheitern.

Nach einem ›Missions-Ende‹ fallen wir beide in ein tiefes Loch. Nicht, dass wir wie Lennart zur Flasche greifen, es ist eher eine Art Sehnsucht, die für wenige Zeit unstillbar scheint.

»Eddy?«.

»Ich ahne, was kommt. Du denkst über einen neuen Auftrag nach. Warum schaffst Du es nicht ein einziges Mal herunterzukommen und für Dich zu sein? Wir müssen neue Energie sammeln, um das feindliche Leben angreifen zu können«.

»Das ist es doch. Ich will zu Werner. Wir rollen ein Seniorenheim auf. Das wird ein Spaß«.

»Denkst Du an die etwaigen traurigen Geschichten, die sich hinter den meisten Zimmertüren verstecken?«

»Die nehmen wir locker mit. Vorrangig geht es darum, den alten Menschen Spaß zu bereiten. Du weißt, wie viele sich von Hunden therapieren lassen. Warum nicht durch uns?«

Stille.

Er weiß, dass ich keine Ruhe gebe, bis wir Pläne schmieden, wie es für ›Eddy und Mo‹ weitergeht.

Wir sehen uns?

DANKE

Ich wähle diesen Weg des **Danke**-Sagens an die **Bildautoren**, die ihre Werke auf **Pixabay**[2] zur Verfügung stellen, die ich fantastisch finde und mir als Foto-Laien helfen, dem Buch einen besonderen Schliff zu geben.

Eine tolle Arbeit, die Ihr macht.

Ein herzliches Wuff-Wuff von Eddy und Mo.

Bild von **wagnercvilelavon**

https://pixabay.com/de/photos/gef%c3%bchl-liebe-herz-spende-spenden-2446129/

---

[2] https://pixabay.com/de/

Seite 50 / PublicDomainPictures

https://pixabay.com/de/photos/depression-einsamkeit-mann-stimmung-84404/

Seite 51 / Ian Lindsay

https://pixabay.com/de/photos/l%c3%b6we-z%c3%a4hne-br%c3%bcllen-ver%c3%a4rgert-2885618/

Seite 66 / vinicius oliveira

https://pixabay.com/de/photos/l%c3%b6we-katzenartig-katze-wild-m%c3%a4hne-5550231/

Carolyn Booth

https://pixabay.com/de/photos/tod-beerdigung-sarg-trauer-2421821/

Seite 76 / Hans Braxmeier

https://pixabay.com/de/photos/kletterwald-hochseilgarten-klettern-58667/

Seite 79 / Myriams-Fotos

https://pixabay.com/de/photos/obdachloser-bettler-armut-betteln-5559310/

Viveka Rosin

https://pixabay.com/de/photos/hund-deutscher-sch%c3%a4ferhund-schlaf-2817560/

Seite 83 / ArtTower

https://pixabay.com/de/photos/obdachlos-mann-person-tramp-55492/

Seite 86 / Gerhard G.

https://pixabay.com/de/photos/tiere-hunde-welpen-hundeh%c3%bctte-3017138/

Seite 94 / Mylene2401

https://pixabay.com/de/photos/hand-frau-pfote-hund-finger-4316948/

Seite 100 / congerdesign

https://pixabay.com/de/photos/kreuz-nagel-symbol-holz-alt-3080144/

Seite 103 / Rudy and Peter Skitterians

https://pixabay.com/de/photos/mann-einsam-park-nacht-dunkel-1394395/

Alexas_Fotos

https://pixabay.com/de/photos/schl%c3%bcssel-zum-herzen-gemeinsam-5142327/

Seite 109 / Johannes Wünsch

https://pixabay.com/de/photos/ruine-schlafsaal-verlassen-1768360/

Seite 117 / Gerd Altmann

https://pixabay.com/de/photos/gesch%c3%a4ftsmann-krise-regen-blitz-3042272/

Seite 123 / ejaugsburg

https://pixabay.com/de/photos/umweltschutz-naturschutz-%c3%b6kologie-326923/

Seite 128 / Cindy Parks

https://pixabay.com/de/photos/cafe-tische-und-st%c3%bchle-bistro-5579069/

Seite 136 / Paul Steuber

https://pixabay.com/de/photos/dresden-sehensw%c3%bcrdigkeiten-2306937/

Besno Pile

https://pixabay.com/de/photos/opa-alter-mann-senior-alten-2810809/

Engin Akyurt

https://pixabay.com/de/photos/sos-speck-senf-ketchup-mayonnaise-2779661/

Seite 139 / Emslichter

https://pixabay.com/de/photos/freigestellt-volvo-typ-9700-1820665/

Seite 144 / Andreas Fiedler

https://pixabay.com/de/photos/denkmal-goldener-reiter-dresden-547813/

Seite 147 / Piotr Zakrzewski

https://pixabay.com/de/photos/aufgegeben-zerst%c3%b6rt-absturz-urbex-6758886/

Seite 154 / Photorama

https://pixabay.com/de/photos/narben-armschnitt-wundstiche-wunde-5541864/

Seite 156 / Thomas Budach

https://pixabay.com/de/photos/albtraum-angst-horror-unheimlich-1699071/

Seite 157 / Anemone123

https://pixabay.com/de/photos/trauma-verletzt-tr%c3%a4ne-gewalt-3491518/

Seite 164 / schuahanita

https://pixabay.com/de/photos/fuss-schmerzen-folter-schraubstock-1114291/

Seite 167 / Leroy Skalstad

https://pixabay.com/de/photos/obdachlos-jugend-m%c3%a4nnlich-traurig-850086/

Seite 172 / Ulrike Mai

https://pixabay.com/de/photos/frau-verzweifelt-traurig-tr%c3%a4nen-1006102/

Seite 180 / https://megapixel.click-betexion

https://pixabay.com/de/photos/litfa%c3%9fs%c3%a4ule-berlin-information-2781166/

Seite 186 / Andrzej Rembowski

https://pixabay.com/de/photos/mikrofon-radio-studio-audio-4340507/

Seite 199 / Christian Jerez

https://pixabay.com/de/photos/ansager-radio-%c3%bcbertragung-mikrofon-3973746/

Seite 208 / Leroy Skalstad

https://pixabay.com/de/photos/menschen-obdachlos-m%c3%a4nnlich-stra%c3%9fe-1010001/

David Mark

https://pixabay.com/de/photos/brunnen-das-rathaus-new-york-city-1872513/

Seite 214 / Thomas B.

https://pixabay.com/de/photos/herz-abgebl%c3%a4ttert-traum-liebe-480367/

Seite 218 / Rondell Melling

https://pixabay.com/de/photos/frau-portr%c3%a4t-modell-frisur-837156/

Seite 223 / Tom und Nicki Löschner

https://pixabay.com/de/photos/wut-kampf-faust-k%c3%a4mpfen-streit-1564031/

Seite 232 / Anemone123

https://pixabay.com/de/photos/frau-traurig-portr%c3%a4t-weinen-2048905/

Seite 236 / 4144132

https://pixabay.com/de/photos/vater-und-sohn-gehen-eisenbahn-kies-2258681/

Seite 240 / Jody Davis

https://pixabay.com/de/photos/himmel-wolke-kreuzen-kreuzigung-195430/

Seite 251 / brunapazini0

https://pixabay.com/de/photos/sch%c3%b6ne-tier-figuren-963893/

Seite 254 / 2023852

https://pixabay.com/de/photos/schaukel-spielplatz-schaukelger%c3%a4t-1218654/

Tú Anh

https://pixabay.com/de/photos/paar-h%c3%a4nde-t%c3%a4towierungen-finger-437968/

Seite 257 / Jose Antonio Alba

https://pixabay.com/de/photos/mann-einsamkeit-baum-gelehnt-1156543/

Seite 261 / congerdesign

https://pixabay.com/de/photos/herz-rot-seil-treue-liebe-3085515/

Seite 261 / Gerd Altmann

https://pixabay.com/de/photos/auge-zeit-f%c3%bcnf-vor-zw%c3%b6lf-3001154/

Seite 268 / Engin Akyurt

https://pixabay.com/de/photos/gefesselt-zusammengeh%c3%b6rigkeit-binden-1792237/

Seite 272 / Gerd Altmann

https://pixabay.com/de/photos/beziehung-trennung-konflikt-liebe-3480215/

Seite 275 / Ralf Beck

https://pixabay.com/de/photos/neubeginn-lava-natur-pflanze-408377/

Seite 281 / Pexels

https://pixabay.com/de/photos/aufnahmestudio-drinnen-mikrofon-1869560/

Seite 285 / Alexas_Fotos

https://pixabay.com/de/photos/katze-kater-schwarz-wei%c3%9f-niedlich-1792684/

Seite 291 / Dimitris Vetsikas

https://pixabay.com/de/photos/paar-romantik-liebe-kuss-liebhaber-3064048/

Gerd Altmann

https://pixabay.com/de/photos/hoffnung-zukunft-religion-glaube-3446135/